わすれられない恋ならば

Izumi Tanizaki
谷崎泉

CHARADE BUNKO

Illustration

ミギノヤギ

CONTENTS

一緒に観覧車に乗りに行こう。俺が連れていくよ。

純粋な気持ちでそう約束したのは、初めて本気で恋した相手で、初めて裏切りを受けた相手でもあった。ひどく傷つき、二度と誰かを本気で好きになることはないと思った。

居場所がなくなった生まれ故郷を出て、都会で一人暮らしを始めて八年。最初は荒れていた生活もなんとか落ち着き、ようやく自分の生きる道を模索しかけた頃。自分を本当に好きだと思ってくれる相手に出会った。

けれど、偶然重なった皮肉な符合に惑わされ、自らすべてを手放した。もう一度、繰り返したらどうしようという、臆病な心を消すことができなくて。

ただ、繰り返すのが怖くて逃げ出した。

一

眼下には浜離宮《はまりきゅう》、その向こうに東京湾が望める五つ星の外資系ホテル。欧米やアジアといった海外からの宿泊客が大半を占めるレストランで、朝永佑《ともながたすく》は早朝から客と待ち合わせしていた。

二十八階のオールデイダイニングは、移動を控えたビジネス客や旅行客のために、六時半からブレックファストを提供している。ビュッフェではなく、着席でメニュウを選べるスタイルは落ち着いて食事をしたいという客には好評だ。

同じく、朝食の席を打ち合わせに利用しようというビジネス客にも。間もなく七時になる時刻を腕時計でちらりと確認し、佑は厳しい顔つきで廊下の先へ鋭い視線を向ける。レストランの入り口近くで、高級すぎず、かといって、安物ではない上等なスーツにすらりとした長身を包んだ姿は、まるでホテルスタッフのようだ。

営業職らしく、清潔感を第一に短く整えた髪型が、シャープな顔立ちによく似合っている。派手な造りではないから目立ちはしないものの、誰もが一目しただけでその端整さに目を留める。三十も半ばを超え、いい具合に若さが抜けて、男としての魅力が増してきていた。

「すみません」

背後から声をかけられ、佑は険しかった表情を改めて振り返る。待ち合わせ相手かと思ったが、そこにいたのはインド系のビジネスマンだった。

「朝食はこちらですか？」

癖のあるイントネーションながら流暢《りゅうちょう》な日本語で聞かれ、佑は笑みを浮かべて頷《うなず》く。ホテルでスタッフと間違われ、場所を尋ねられるのはよくあることだ。どうぞ…と入り口へ案内すると、本物のスタッフが慌てて飛んできた。

「申し訳ございません…」

「いえ」

大したことではないからと笑顔で首を振った時だ。「朝永さん」と呼ぶ声が聞こえ、笑みが自然と消え去る。

「よかった。間に合って…」

「どこが間に合ってんだ？」

小走りで駆けてくる後輩の滝口《たきぐち》に、佑は足早に近づきドスのきいた声で詰め寄る。眉間に皺《しわ》を刻み、三白眼で相手を睨《にら》むその顔からは、先ほどまでの営業スマイルが綺麗《きれい》に消え去っている。場所が場所だけに、摑《つか》みかかるのを辛うじて堪《こら》える佑を、滝口は暢気《のんき》な口調で「まあまあ」と宥《なだ》めた。

「先方はまだなんですから、いいじゃないですか」

「俺より先に来て待ってるのがお前の仕事だろうが」

「だって、昨夜《ゆうべ》は書類の作成で遅かったんですよ」

「これで不備があったら殺すぞ」

大丈夫ですよと言うが、滝口には前科がいくつもある。アシスタントを務めている千倉《ちくら》に確認するよう、頼んでおいたものの、油断はできない。自分でやれば確実なのだが、滝口にやらせないと、いつまで経《た》っても仕事を覚えないというジレンマがあった。

「大体、お前は…」

滝口に対する説教は山のようにあって、続けようとしたが、「あ」という声と表情に邪魔される。廊下の向こうを視線で示して、相手が来たのを教える滝口に、「後でな」と低く言い、佑はがらりと表情を変えて振り返った。

営業職として鍛え上げた笑顔は、どんなトラブルに遭遇しても一ミリたりとも崩れることはない。爽やかな笑み…そして、相手から全幅の信頼を得られるスマートな態度で、佑は現れた顧客に、「おはようございます」と挨拶した。

「おはようございます、朝永さん。こんな早朝に申し訳ない」

「こちらこそ。貴重なお時間を頂戴して恐縮です」

微《かす》かに訛《なま》りのある日本語を話すのは台湾《たいわん》人の黄《ホアン》という実業家だ。精密機器メーカーを経営している傍ら不動産ビジネスも行《おこな》っており、以前にもタワーマンション購入の引き合いが来て、佑が担当して成約した。

今回、新たな物件を購入したいという連絡が佑宛てに入り、来日した彼といくつかのマンションを見て回った。その一つが気に入られ、価格交渉を経て契約へ漕《こ》ぎ着けた。

多忙な客に合わせ、早朝から深夜まで、請われればいつでもどこでも赴くのも仕事の内だ。ブレックファストタイムに契約というのもよくある話で、特別に用意しておいた個室で共に食事をとりながら、契約に関する説明を終えた。

「…それでは、今日いただいた書面で契約書を作成してお持ちいたします。こちらにはいつまでご滞在の予定ですか？」

「予定では明後日《あさって》、台湾に帰ります。でも、その前に札幌《さっぽろ》に行くかもしれません」

「では、用意ができましたら、またご都合を伺うことにします。今回はお忙しいでしょうが、次に来日される際には、私どもの水谷《みずたに》も交えて、是非、一席を設けさせてください」

「ありがとうございます。水谷社長にもよろしくお伝えください」

食事を終えてレストランを出ると、そのまま次のアポ先へ向かうという黄と共に車寄せのある一階へ下りた。その間もそつのない会話を交わし、黄が気持ちよく仕事に向かえるよう腐心する。エレヴェーターホールからドアマンの立つエントランスへ出ると、迎えに来ていた車に黄が乗り込んだ。

「では、朝永さん、よろしくお願いします」

「ありがとうございました。お気をつけて」

行ってらっしゃいませと、ホテルスタッフ以上に深いお辞儀で黄を見送る。車が発進しても、そのままの姿勢で頭を下げ続けていた佑は、十分な時間を取って姿勢を戻した。

車が消えた先を見つめ、よし…と内心でガッツポーズを決める。この一週間ほど、昼夜を問わず、黄の予定に合わせて走り回った苦労が報われた。ほっとしつつ、佑は次のアポ先へ向かうために移動しようとして、背後で滝口がスマホを触っているのに気づき、注意する。

「ホテルを出てからにしろ」

「でも…」

「文句があるなら、さっさと歩け」

滝口を叱責しながらも、佑は颯爽《さっそう》と歩いて新橋《しんばし》方面へ向かう。国産の地味な…けれど、品格と値段は十分な…腕時計を見ると時刻は九時を回っており、足を速めた。

「いいか。客の宿泊先では油断するな。不用意にスマホを触るな。ぼんやりするな。誰が見てるかわからないと思え」

「わかってますけど、仕事用のスマホですよ？」

「それでも、だ。契約に関わるようなアポの際は特にだ。目の前の契約に集中しろ」

「もうサイン貰《もら》えたからいいじゃないですか」

佑の叱責に唇を尖《とが》らせ、滝口はホテルの敷地を出るとすぐにスマホを操作する。呆《あき》れと苛立《いらだ》ちが交じった目で見る佑に、千倉からのメールだと伝えてきた。

「次のアポ先からキャンセルの連絡があったそうです。ほら、確認してよかったじゃないですか」

「俺は見るなと言ってるわけじゃない」

急なキャンセルの理由を気にかけ、佑はスマホを取り出す。歩みを止めずに高速でメールを打ち、進路を変更した。その後を子鴨《こがも》のようについて回り、滝口は社へ戻るのかと聞く。佑は答える前に通りに向かって手を挙げ、タクシーを停《と》めた。

タクシーが停車してドアが開く頃にはメールを送信し終え、後部座席へ乗り込みながら「六本木《ろっぽんぎ》まで」と告げる。その後から滝口が続き車が走り出すと、佑は小さく息を吐いて、午後からのアポイントを見直した。

佑が勤めているのは高級マンション・別荘の販売、賃貸などを取り扱う不動産会社「リエット」だ。本社は六本木にあり、都内に数店、さらに大阪《おおさか》、京都《きょうと》、札幌に支店がある。業界内では盤石な経営体制の中堅どころとしての地位を確立している。

リエットが扱う物件はすべて「高級」だ。都内ならば分譲で億を下回る物件はほとんど扱っていない。賃貸も同様である。創業当時、日本に駐在する外国人向けに物件を紹介していたこともあり、今も外国人の顧客が多い。

紆余曲折《うよきょくせつ》を経て、佑がリエットで働き始めたのは、二十六の時だった。それから十年。営業部門の販売成績において、常にトップを争うエースとして、社内で佑の名を知らない者はいない。

六本木のリエット本社ビル、三階の国内営業部に着くと、アシスタントの千倉が出勤してきており、佑を待っていた。

「成約、おめでとうございます」

「ありがとうございます。千倉さんのアシストあってこそです。次もお願いします」

「こちらこそ。ところで、朝永さんはご覧にならないと思い、滝口くんにメールしましたが、伝わったでしょうか」

「助かりました。これ、サイン貰いましたんで。確認して契約書の作成、お願いできますか」

佑が差し出したブリーフケースを受け取り、千倉は「承知しました」と請け負う。千倉は佑よりも年上の派遣社員で、佑が個人での裁量権を持てる国内部のチーフとなってから、独自に雇い入れた。まだ子供が小さく、勤務時間に制約がありながらも、十分な仕事をしてくれる彼女を、佑は信頼している。

「急ぎでしょうか」

「できれば。黄社長は明後日帰国されるようなので、その前に直接お渡ししたいと思っています」

「わかりました」

「滝口に手伝わせてもいいですよ」

「それは…時間のある時にします…」

時間がないだろうからと思い勧めたが、千倉は微かに表情を曇らせて断った。その気持ちは十分にわかるので、佑は苦笑して世話をかけるのを詫《わ》びる。

有名私大を卒業し、正社員として入社しながらも、どうにも営業成績の伸びない滝口の指導を頼まれて、はや一年。

「朝永さーん。置いてかないでくださいよー」

「お前がだべってるからだろう」

エレヴェーターを待っている際、別部署の同期に会った滝口が、おしゃべりを始めたので、容赦なく置き去りにした。慌てて追いかけてきた滝口は冷たくあしらわれながらも、めげずに佑を褒め称《たた》える。

「けど、この契約で、第二四半期も朝永さんのトップは確実ですね。五億超えの物件ですから。八月は休みが多かったんで、どうなることかとひやひやしましたけど」

席に座った滝口が言うのに、向かい側の千倉も「そうね」と真面目《まじめ》な顔で同意する。

「朝永さんが一週間以上、休むなんて初めてだったものね。けど、澤部《さわべ》さんの方は例の南麻布《みなみあざぶ》の物件が難航してるみたいよ」

「そうなんですか?」

「噂《うわさ》ではね」

Tの字型に並べた机の向こうで、千倉と滝口が話すのを、佑は興味なさげな顔で聞いていた。同じ国内営業部の澤部は、佑と営業成績を競っており、周囲からはライバルと見なされている。ただ、競っているといっても、もう何年も佑は澤部に首位を明け渡したことはない。

それが覆されるのではないかと、先月来、国内営業部内で囁《ささや》かれていたのは、佑が身内の不幸により長い休暇を取らざるを得なくなったからだ。仕事の内容にしか興味がない佑は、金額だけの成績に関してはなんとも思っていなかったが、部下である滝口と千倉にとっては重要な問題であった。

「こっちの不幸を逆手に取って、威張ってきたら厭《いや》だなと思ってたからよかったわ」

「本当ですね。やっぱり朝永さんは持ってますよね！」

「それより、信濃町《しなのまち》の物件案内、予定が繰り上がったから、行くぞ。千倉さん、あと、お願いします」

「わかりました。お気をつけて」

「えっ、もう出るんですか？」

コーヒーの一杯でも飲みたかった…と愚痴る滝口を無視し、佑はさっさと自分のオフィスを後にする。廊下に出て歩き始めると、進行方向から先ほど名前が出たばかりの相手がやってくるのが見えた。

佑を見て苦い表情を浮かべるのは、同じ国内営業部の澤部だ。一緒にいるのは子飼いの堀《ほり》で、面倒に思いながら歩いていくと、互いが道を譲らないものだから、足を止めるしかなくなった。

舌打ちを堪え、眉を顰《ひそ》めて、佑は澤部を見る。澤部は滝口と同じ有名私大を出て、旧財閥系大手不動産会社に勤めた後、リエットに転職してきた。佑と同様の転職組であるのに、自分はエリートだという自負が強く、周囲を見下してもいるので、営業成績以外の評判はよろしくない。

「調子に乗るなよ」

「何が」

「今期はたまたま、延期になった契約があったから、お前に花を持たせてやるが…」

「延期って…ああ、南麻布の件か。てっきり、ババを引きかけて慌てて逃げ出したのかと思った」

「っ…」

ふんと鼻先で笑う佑を、澤部は憎らしげに見る。澤部だけでなく、堀も一緒に唸《うな》り声でも上げそうな勢いで睨んでくるので、佑は面倒になって「どけよ」と低い声で二人を脅した。背の高い佑に見下ろされるのに怯《ひる》み、澤部と堀は反射的に左右に飛び退《の》く。その間を佑が通り抜けようとしたところ、澤部が悔し紛れに言い捨てた。

「高校も出てないくせに」

「ご大層な大学出てるくせに、中卒に勝てないのはどこのどいつだよ?」

すかさず言い返した佑と澤部の間に緊張が走る。一触即発の危機を救ったのは、佑を追う滝口の声だった。

「朝永さーん、待ってくださいよ……あ、澤部さん! お疲れ様です。堀さんも、お疲れ様っすー。失礼しまーす」

調子のいい挨拶と共に、二人の間をするりと抜けてくる滝口は、空気を読まない…読めない…男として有名だ。険悪な雰囲気もまったく気になっていない様子で、「行きましょう」と促す滝口と共に歩き出した佑は、背後から睨みつけてくる澤部たちを肩越しに指さして、厭みを口にした。

「お前はあっちに行った方がいいんじゃないのか」

「そのネタ、何度目ですか」

「お仲間だろう」

「やだな。俺は朝永さん派ですよ」

にっこり笑う滝口は、仕事はともかく、社内での処世術には長《た》けている。こういうところを営業にも生かせれば…と溜《た》め息《いき》を隠さずに吐き、佑は足を速めた。


キャンセルが続く日というのがある。そういう日は無理せず、潔く休んだ方がいい。億超えの物件を売る仕事は、綿密な下調べ、誠実な取引、丁寧な対応、そして、運がもっとも大きく影響するからだ。

「…夜の会食は日程変更になった」

取引相手からのメールを読んだ佑は、同席する予定だった滝口に告げる。五時の退勤時間に合わせて帰り支度を始めていた千倉が、すぐに店へ連絡しようとするのに、自分がやると伝えた。

「千倉さんはお迎えがあるでしょう。帰ってください」

「ありがとうございます。中止ではなく延期ですか？」

「そうですね。また明日、新たな予約をお願いすることになるかと」

「了解しました」

「じゃ、俺も今日は定時で上がっていいですか？」

スケジュールが詰まっている現状でのドタキャンは好ましくないものなのに、嬉《うれ》しそうに聞いてくる滝口に、佑は渋面で頷く。やったと喜ぶ滝口を苦笑して見ながら、千倉は佑にも早く帰ったらどうかと勧めた。

「このところ、ずっと帰りが遅かったから、甥御《おいご》さんと過ごせてないんじゃないですか？」

「……」

独身の佑は、以前なら、商用での食事がない時は接待で使用する店へ顔を出し、今後とも円滑に利用できるように、逆営業をかけていた。しかし、今は事情が違う。

「そういえば、甥っ子さんは元気にしてるんですか？　高校は近くのところに編入できたんですよね？」

滝口が思い出したように聞いてくるのに、佑は神妙に「ああ」と答えた。

佑に想像もしなかった訃報が届いたのは、八月に入ったばかりの頃だった。故郷に住む姉夫婦が、旅行中交通事故に巻き込まれ、二人とも亡くなったという知らせに、取るものも取り敢《あ》えず帰郷した。

両親はすでに亡くなっており、佑にとっての肉親は姉だけだった。姉には息子が一人おり、高二になる哲《てつ》は一緒に出かけておらず、難を免れていた。

真っ青な顔をした哲を連れ、旅行先の北陸《ほくりく》へ姉夫婦の遺体を引き取りに向かい、葬儀をあげた。父母を一度に亡くした哲には、佑以外に頼れる親族はなく、東京へ呼び寄せるしかなかった。

山と田圃《たんぼ》しかない田舎《いなか》で、免許のない未成年が一人で暮らすのは難しい。哲は躊躇《ためら》いながらも、上京することに同意し、夏休みの間に受け入れてくれる高校を探して試験を済ませ、新学期に合わせて転入した。

「よかったですよね。自転車で通ってるんですか？」

「いや、歩いていってます。電車なんてほとんど乗ったことがない田舎の子なんで、東京の通勤ラッシュは無理だろうと思ってたから、助かりました」

「飯は？　どうしてるんですか？　一人で？」

「適当に…買ってきて食ってるみたいだ」

「だったら、早く帰れる時くらい」

一緒に食べてあげた方がいいと、子持ちの千倉は真剣な顔で勧める。高校生とはいえ、まだ子供だし、急激な環境の変化は負担になっているだろう。千倉が続けた指摘は、佑が密《ひそ》かに気にしていたもので神妙に頷く。

「俺も心配はしてたんですが…忙しくてなかなか…」

哲が東京へ来てから、一月《ひとつき》近くが経つ。その間、佑は毎晩深夜帰りで、哲と食事を一緒にしたことはほとんどない。葬儀以来のドタバタで、仕事を長く休んだ反動もあり、いつも以上に多忙だった。

一緒の部屋に住んではいても、朝も夜も気配を感じるくらいで、顔を合わせることすらあまりない。何かあったら知らせるように言ってはあるものの、気遣っているのか、何も言ってこなかった。千倉の勧めに従い、今日は定時で上がって哲を食事に連れていこう。

佑はそう決めて、急ぎの書類仕事を片づけ始めた。

二

中江《なかえ》哲には叔父が一人いた。父は兄弟がいなかったので、叔父というのは母の弟のことである。母よりも三歳年下の叔父は、東京に住んでいて、哲が小学校に入った年に初めて会った。それから年に一度、正月になるとやってきてお年玉をくれた。

叔父は毎年元日の昼頃現れ、哲にお年玉を渡し、おせちを食べてビールを飲んで帰っていった。哲の祖父母は父方母方共に、彼が小学校に上がる前に亡くなってしまっていたので、「東京のおじさん」と呼んでいた彼だけが、哲にお年玉をくれる唯一の存在であった。

叔父が問題を起こして高校を中退したという話は、本人から聞いた。初めて叔父が家にやってきた時、家から歩いて二十分ほどのところにあったその学校へ、一緒に行った。フエンス越しに校舎を眺め、叔父は呟《つぶや》くように言った。

「俺、ここを中退したんだ」

「ちゅうたい？」

「学校を辞めたって意味」

「どうして？」

「色々あってさ」

哲はまだ中退の意味もわからなかったけれど、叔父の顔がとても悲しげだったので、聞いてはいけないことなのだろうと子供心に思った。黙ったままでいると、叔父はさらに呟いた。

「マジで高校教師って鬼門だ」

「……」

高校教師、キモン。高校教師は高校の先生って意味だろうけど、キモンは？　中退と同じく意味がわからず、叔父の顔を見た。随分上の方にあった背の高い叔父の横顔は、やっぱり何も聞いちゃいけない雰囲気を漂わせていた。

おじさんって中退したの？　正月が明けてしばらくした頃、何気なく母に聞いてみたところ、硬い反応が返ってきて、やっぱり口にしちゃいけない言葉なのかと納得した。母は小さく溜め息をつき、「まあね」と言っただけだった。

母は高校を辞めて上京した叔父が、東京でどこに住み、何をしているのかも、よく知らないようだった。元気だったらいいのよ。そう話していたのを覚えている。

哲は父よりも叔父に似ていた。顔立ちも性質も。背が高くて、何事につけても物怖《ものお》じしないところなどがそっくりだった。哲の身長は小学生の頃に母を越し、中学に入ってすぐ、父も抜いた。

高校生になって初めての正月。やってきた叔父と目線が並んだ。叔父はにやりと笑い、お年玉を増額しなきゃなと言って、一万円を二枚にしてくれた。

来年、叔父の背を越していたら、もう一枚増えるだろうか。そう夢見ながら、思いがけずに倍額となったお年玉の使い道をあれこれ悩んだ正月からわずか半年余りで、哲の運命は大きく変わることとなった。


スマホのアラーム音で目覚めた哲はむくりと起き上がり、寝ぼけ眼《まなこ》で布団を畳む。それを壁際へ寄せると、開けっぱなしのドアからウォークインクローゼットへ入り、一番手前にかけてある制服に着替えた。

白いシャツにネクタイ、グレーのチェック柄のズボン。まだ着慣れていない制服は、袖を通すたびに違和感を強く覚える。鏡に映る姿を目にすると尚更で、コスプレでもしてるような気になった。

結ぶのが面倒なネクタイは通学用のデイパックに入れて部屋を出る。キッチンの冷蔵庫から出した牛乳をグラスに注いで飲み、食パンを一枚、オーブントースターへ放り込んだ。焼けたパンにその場でバターを塗って、牛乳のお代わりと共にテーブルへ運ぶ。キッチンから続くダイニングスペースには六人が優にかけられるテーブルが置かれていて、その端っこでいつも一人で食事を済ます。

スマホを見ながらトーストを囓《かじ》り、五分程度で食べ終えてしまうと、皿とグラスを洗った。キッチンの床に置いてあったデイパックを持ち上げて肩にかけ、玄関へ向かう。三和土《たたき》には黒い革靴が脱ぎ捨てられていて、ちらりと廊下の突き当たりへ目をやった。

「……」

ドアの向こうは家の主《あるじ》である叔父、朝永佑の部屋だ。哲が佑と暮らし始めて一月余り。佑は毎晩帰りが遅く、朝、出かける時間も決まっていないようなので、顔を見ることすらあまりない。同居初日に、多忙な営業職である自分の暮らしは不規則なので、互いの生活を干渉せずにやっていこうと言い渡された。

ここに靴があるということは…たぶん、部屋で寝てるんだろうけど…。でも、違う靴を履いていったのなら、いないのか。いるかどうかもわからない同居人というのも、微妙だなと思いながら、哲は自分のスニーカーを下駄箱から出して履くと、静かに部屋を後にした。

何度通っても慣れない豪華なロビイを抜け、自動ドアから外へ出る。部屋はあるから、俺のところに来い。佑がそう勧めてくれた時、哲が想像したのは六畳二間くらいの、簡素なアパートだった。佑が何をしているのかも知らなかったし、高校を中退して上京した叔父が、まさか超高級マンションに住んでいるとは、想像もしていなかった。

都心の一等地に建つマンションから、編入した高校までは徒歩で二十分。申請すれば自転車通学も可能だが、マンションの自転車置き場というのが哲には想像の範疇《はんちゅう》を超えた代物で、面倒くさいからと徒歩で通う選択をした。

マンション内に設けられた自転車専用スペースでは、一台ずつ専用の置き場が割り振られ、ロックできるシステムになっている。それまでお愛想程度の屋根がついたガレージに、鍵もかけずに乗り捨てるようにして置いていた哲には、自転車ごとロックするという感覚がわからなかった。

しかも、置かれている自転車はすべて高価そうなバイクばかりで、いわゆるママチャリは一台もなかった。中学の頃から乗っていた自転車を引っ越し荷物と一緒に運んでもらおうかと考えていた哲は、気後れして諦めた。

建物を出るとすぐに都会というのも、まだ慣れないでいる。慣れる日が来るのだろうかと、気が遠くなったりもする。それでも仕方ないのだと自分に言い聞かせ、なんとか前を向いている。

「……お」

時間を確認しようと取り出したスマホに新しいメッセージを知らせるサインを見つけた。開いてみると、哲も参加している友達同士のメッセージグループで、朝から定例のやりとりがされていた。

数学の課題やってない、今日までだったっけ、いや明日だろ、今日だって聞いた、赤点になるかも、中間やべえ。

ピンポンのごとくやりとりされるメッセージを哲は見てるだけだ。それでもメンバーになっている全員の顔が浮かんで、近くにいるような気になれる。ばっかだなあ。そんな呟きを心の中に響かせ、空を塞《ふさ》ぐ高い建物に囲まれた道を歩く。

スマホを見ながら歩くなんて、以前はしなかった。主な移動手段が自転車だったせいもある。自転車に乗りながらでもスマホは見られるが、遅刻を免れるために必死で漕いでいるか、友達と連れ立って馬鹿話をしているかのどちらかだったから、スマホを取り出すことさえしなかった。

けれど、都会に来てからは、ただ歩いているだけだと、息が詰まるように感じられて、ついスマホに手が伸びる。寂しさを紛らわすためであり、もう一つ、哲には切実な理由があった。

交差点に差しかかり、信号が赤になったのを見て立ち止まる。手に握ったままのスマホに視線を落とそうとした時、ふと、向かい側の歩行者信号の下に佇《たたず》んでいる人影を見つけて、慌てて目をそらした。

スーツ姿の三十前後の男。やばいなと思って、肩にかけていたデイパックから急いでイヤホンを出す。スマホで音楽アプリを起《た》ち上げ、イヤホンを耳に装着したところで、信号が青に変わった。

歩行者用信号に近づかないように斜めに横断し、決して男の方を見なかった。男が近づいてくる気配に気づき、足を速める。何か言ってるようだったが、音量を上げた音楽のお陰で耳に入ってこなかった。

振り返るのが一番まずいとわかっているので、ひたすら早歩きで遠ざかる。一定距離離れたところで、ほっと息を吐いた。

「勘弁してくれって」

自分にしか見えない何かが存在すると哲が自覚したのは、幼稚園に通い始めた頃だった。あそこに立っている女の人は誰？　そう尋ねる哲を、先生も友達も奇妙な目で見た。

それまで同様のことを母に聞いても、話が通じているようだったので、自分にしか見えていないと哲は気づいていなかった。どうして幼稚園の皆は見えないのか。周囲の反応から、口にしてはいけないことのように感じ、哲は何を見ても誰にも言わなくなった。

小学校も高学年に差しかかった頃。長年の疑問を母にぶつけてみると、笑って、実は自分も見えていなかったのだと告白した。

「なんかいるんだろうなあって思って、適当に話を合わせてたのよ。うちはおじいちゃんが…哲のひいおじいちゃんなんだけどね…そういう人だったから。遺伝したんじゃない？」

軽い調子で言う母が信じられず、哲は衝撃を受けた。幽霊が見えるなんて。やばい奴みたいじゃないか。なんとかならないのかと聞いても、母は首を傾《かし》げるだけだった。

「お祓《はら》いとか、そういうの行ったら、治るかな？」

「治るとか、そういうものじゃないでしょ」

「だったら、どうしたら…」

「無視するしかないんだろうねえ。おじいちゃんが…確か、幽霊に話しかけられても答えちゃいけないんだとか、そんなこと言ってたような覚えがあるけど」

自分には見えないのでよくわからないと言う母は当てにならず、父に相談しようかと思ったが、父は母以上に頼りになりそうになかったので、諦めた。その内、母の言う通り、無視するしかないのだと悟り、ずっとそうしてきた。

幸い、哲の育った田舎町は幽霊も少なくて、出る場所は大抵決まっていたので、そこを避ければ余計なものを見なくて済んだ。

しかし。

「マジ、東京、無理」

東京では、雨後の竹の子の如《ごと》く、幽霊が現れる。話しかけてくる幽霊も多くて、そこで活躍するようになったのが、スマホだ。音楽で耳を塞ぎ、スマホを見て歩くことで視界を塞ぐ。

もしかすると、都会には自分と同じく、幽霊が見える人間も多いのかもしれない。だから、皆、スマホを見て歩いているのでは？

「んなわけないか」

小さく呟き、片方の耳からイヤホンを外す。常に音楽を聴いていたいタイプじゃない。イヤホンのリモコンを操作し、音量を下げる。大きな交差点には幽霊がよくいるので、可能な限り避けて通学路を選んでいるのだが、どうしても渡らなくてはいけない場合がある。明日は遠回りして違う交差点を通ろうと思い、角を曲がった哲は、しばらく歩いたところで何気なく顔を上げた。

「……」

一方通行の道は、宅配のトラックがやっと通れる程度の幅で、両脇には集合住宅やビルが建ち並んでいる。緩やかな坂になっており、しばらく辻《つじ》はない。前に進むか、後ろへ戻るかしかない道で、前方から歩いてきたのは、三十代半ばほどの男だった。

黒いシャツに黒いズボン、全身真っ黒の格好をした男は、離れたところから見ても輝くような美形であるのがわかった。東京には…特に哲が暮らしているエリアには、モデルや俳優といった芸能関係の仕事をしている人間が多く住んでいる。なので、田舎では到底お目にかかれないような美しい顔の持ち主をよく見かける。

だから、その男もそういう類《たぐい》であると推測できたのだが、哲が目を留めたのは男が美形であるからではなかった。男の背後にぴったり寄り添っている影。

うわあ…と声を出しそうになり、哲は慌てて口を噤《つぐ》んで視線をそらした。一瞬、目が合ってしまった気もしたが、二度見る気にはなれなかった。

黒衣の男に覆い被《かぶ》さるようにして寄り添っている…いや、幽霊なのだから、取り憑《つ》いていると表現すべきか…のは、かなり大柄で特徴的な風貌をした幽霊だった。

並外れた体格をしていて、髪は白く長い。肌の色は褐色で、これまで見てきた幽霊とは明らかに違った。たぶん、外国人の幽霊なのだろう。すごいな、東京。幽霊まで国際化してるのか。

同じ場所にいる幽霊もいれば、特定の人間から離れないでいる幽霊もいる。田舎でも何回かそういう例を見たが、幽霊から影響を受けるせいか、取り憑かれている方の人間は疲れているのか、不幸そうだった。

大変だろうなと思っても、関わりたくない気持ちの方が強く、いつも見ない振りをしてきた。前から来る黒衣の男にも近づきたくさえなかったのだが、曲がり角はないし、Uターンして逃げるのもどうかと思われる。それにそんなことをしていたら遅刻しそうだ。

仕方なく、哲は道の端を選んで歩き、できる限り距離を置いて通り過ぎようとした。外したイヤホンをもう一度嵌《は》め、音楽の音量を上げる。俯《うつむ》いて足を速め、息も殺して、一気に通り抜ける。

黒衣の男と擦れ違った瞬間だった。

「おい」

強い口調で呼び止められるのと同時に、イヤホンが外れた。両耳同時に。偶然じゃない。哲は慌てて駆け出し、必死で逃げた。後ろは見ずに、ひたすら学校を目指して猛スピードで走る。

田舎にいた時はサッカー部で活躍し、陸上部からスカウトが来るほどの俊足だった。あっという間に到着した学校で、建物内へ逃げ込んで、二階への階段を駆け上がる。

「っ…」

息を乱して教室に入ってきた哲を、すでに登校していたクラスメイトたちは驚いた目で見た。哲がそのクラスに転入してからまだ一月経っておらず、友達らしい友達はできていない。知り合い程度のクラスメイトは皆、それが礼儀だとでも言うように、一斉に視線をそらす。

哲は無言で教室内を進み、窓際の席へ座った。はあと息を吐き、怖かったと心の中で呟き、机に突っ伏した。

ふいに風が強く吹くとか、近くにあった物が倒れるとか、そういう程度の霊障ならよくあるけれど、イヤホンが同時に外れるというのは経験がない。あれはきっと、あの幽霊の仕業で…。

「そうだ」

「っ‼」

耳元で聞こえた声に驚き、哲は飛び上がる。危うく大きな声を出してしまいそうになったが、すんでのところで堪えた。口を手で塞ぎ、周囲を見回すが、誰もいない。

今の声は…。黒衣の男と擦れ違った時に呼び止めてきたのと同じだった。ということは…まさか、自分についてきてしまったのか？

そういうことはこれまでになかったが、幻聴だとは思えない。幻聴でもやばい。哲は何度も教室内を見回し、どこかにいるのではないかと探したが、幽霊は見当たらなかった。

間もなくして一限目の授業開始を知らせるチャイムが鳴ると、クラス担任でもある百瀬《ももせ》が教室へ入ってきた。教卓の前に立ち、席に着く生徒たちを見回した百瀬は、哲の異変に気づいて声をかけた。

「中江くん、どうかしましたか？」

「え…」

「顔色が悪いような…」

「なんでもありません…、大丈夫です」

国語を教えている百瀬は、優しげな顔立ちをしていて、生徒からも人気がある。まだ若いのに丁寧な気配りができる男で、中途編入した哲のことを、気にかけてくれていた。

真面目に心配している百瀬に、幽霊が原因だとは到底言えない。哲は無理をして笑みを浮かべ、首を横に振る。百瀬は気になっているようだったが、授業を始めた。

「宇治拾遺《うじしゅうい》の続きからですね。「プリントを配りますので、後ろへ回してください」

あれは空耳だったと、哲は自分に言い聞かせて、前の生徒から回ってきたプリントを受け取る。それを後ろへ…と思っていたのだが。

「あ…」

哲が手を伸ばしたタイミングがずれ、プリントが二人の間で落ちかける。しかし、それは一瞬宙に浮き、ついで哲の手に渡った。

「……」

前席の生徒は不思議そうな顔つきになったが、宙に浮いて見えたのは自分の勘違いだと思ったらしく、すぐに前へ向き直った。どうしてプリントが落ちなかったのか、理由を知る哲は、凍りついたように固まっていた。

「危なかったな」

「……」

プリントが落ちそうになると同時に、どこからか別の手が伸びてそれを摑み渡してくれた。何もないところからぬっと出てきた腕は太く、掌《てのひら》は大きかった。声のした方へ反射的に目を向けた哲は、目前に白髪の幽霊を見つけ、ひっと息を吞《の》んだ。

声は上げなかったものの、哲の挙動は目立ち、百瀬が訝《いぶか》しげに「中江くん？」と呼びかけてくる。

「すみません…」

なんでもないのだとごまかして首を振り、哲は息も絶え絶えにプリントを後ろの生徒に回した。左側に見えた幽霊の顔を避けて、そちらへ視線を向けないよう、意識した。

やっぱりついてきてしまったのか。いつも無視してやり過ごせばなんとかなっていた。幽霊がついてきて、話しかけられるというのは初めてだ。

一体、どうすれば…。不測の事態に混乱する哲は、またしても息を吞んだ。

「お前、俺が見えてるだろ」

左側に見えたのでそちらを避けていたのに、今度は机の下から顔を出される。どこを向いても避けようがなく、このまま授業を受けるのは無理だと判断し、勢いよく立ち上がった。

「すみません…！　気分が悪いので、保健室へ行ってもいいですか？」

「ええ、もちろん。大丈夫ですか？」

「はい。すみません…」

心配そうに付き添いは要《い》らないかと聞く百瀬に一人で平気だと返し、哲は足早に教室を出た。誰もいない廊下を小走りで抜け、階段を下りて一階へ出ると、保健室へは向かわず、昇降口で外履きに履き替えて人気《ひとけ》のない場所を探した。

グラウンドでは体育の授業が行われていて、体操服姿の男子生徒がサッカーをしている。それを見ていいなと羨ましくなり、歩みが遅れた。東京へ来てからは、一度もサッカーをしていない。

「サッカーっていうやつだろ?」

「っ…!」

ついてきているような気はしていたが、姿が見えないので油断していた。いつの間にか隣に立っていた幽霊が発した声に驚き、哲は身を竦《すく》ませる。グラウンドにいる生徒たちはプレイに夢中で、哲に気づいた者はいなかったが、目立たないように慌ててしゃがんだ。すると、幽霊も同じようにしてしゃがむ。哲は頭を抱えて、どうしたらいいのかと必死で考えた。

お祓い…に行けばいいのか。だが、どこへ? 神社とかお寺になるんだろうか?

「俺が見える奴に出会ったのは百五十年振りだ」

「……」

百五十年前というと、明治になったばかりの頃だ。そんな昔から幽霊をやってるのだとしたら、途方もない話だ。

それに百五十年ぶりに見えてしまったらしい自分の運の悪さを呪いたくなる。南無阿弥陀仏か、南無妙法蓮華経とでも唱えてみようか。

とにかくなんでもいいから、どこかへ行ってくれる方法はないものかと憂え、ひたすら黙りこくる哲に、幽霊は「頼みがある」と切り出した。

「俺の頼みを聞いてくれたら、お前の願いをなんでも叶《かな》えてやる」

「……」

「なに、大したことじゃない。聞いてくれるか？」

「……」

「無視するなよ。聞こえてるんだろ？」

聞こえてる。だから、問題なのだ。哲は膝に顔を埋《うず》めて、泣きたい気分で両手で耳を塞いだ。

幽霊に取り憑かれて困ってる。そんな相談をできる相手は思いつかず、哲は途方に暮れつつも、教室へ戻った。どこにいたところで現れるのだから、教室でも同じだ。青い顔の哲を見て、百瀬はまだ休んでいた方がいいのではないかと心配したが、もうよくなったのでと返して席に着いた。しかし、授業の内容はちっとも頭に入ってこず、幽霊の気配に怯《おび》えながらやり過ごした。

それから三限目が終わるまで、幽霊は姿を見せなかった。だが、いなくなったわけではないのを哲はわかっていた。なんとも言えない妙な雰囲気が消えていない。長年閉め切った部屋に足を踏み入れた時、埃《ほこり》っぽい空気で窒息しそうになるような不快感が続いている。

幽霊に取り憑かれている人たちが、誰しも疲れた顔をしていた意味がわかる。得体の知れない恐怖に苛《さいな》まれ続けていたら、眉間に皺を刻んだままになるのも当然だ。

昼休みになると、哲はいつものように学外のコンビニへ昼食を買いに出かけた。校内に購買がないので、弁当を持参していない生徒は皆、コンビニを利用している。多くの生徒に混ざり、おにぎりとサンドウィッチ、野菜ジュースを買い、学校へ戻る。

その間も身体《からだ》が重いような気がして、憂鬱だった。きっと今も傍《そば》にいるのだろうと思い、校舎には入らず、校庭の隅にある花壇の端に腰を下ろし、買ってきたサンドウィッチを取り出した。

「それが昼飯か?」

「……」

やっぱりいた…。そんな呟きを呑み込み、声が聞こえた左側を見ないように意識しながらサンドウィッチに囓りつく。

「いつまで無視してる気だ?」

「……」

「まあ、俺は別に構わないが。お前が俺の頼みを聞いてくれるまで、離れないだけで」

「……」

離れないと幽霊が言うのを聞いた哲はぞっとする。このまま…ずっと、幽霊に話しかけられ続けるのか? それは絶対ごめんだ。

だからといって、幽霊の頼みを聞くというのは…。そもそも、幽霊と「会話」をしたことはない。向こうから話しかけられても答えちゃいけないという、母から聞いた教えを守って、無視するように徹底してきた。

だから、聞こえていない振りをするべきだと思うのだが。

「無理難題を持ちかけようとしてるわけじゃない。それになんでも望みを聞いてやるって言ってるんだ。お前にとっちゃ悪い話じゃないと思うぞ」

「……」

「なんでもだぞ? 望みはないのか? 金持ちになりたいとか、偉くなりたいとか、誰かを伴侶に欲しいとか…」

伴侶といういささか古風な表現を聞いて、幽霊が百五十年前からいるらしいのを思い出す。百五十年もの間、あそこで自分が見える誰かが現れるのを待ってたんだろうか。

「……」

いや、違う。通学路として使っているあの道は、毎日のように通るが、この幽霊を見たのは今日が初めてだ。だとすると、あの場所にいたのではなく、あの…黒衣の男に取り憑いて移動していたと考えた方が妥当だ。

やけに美形で、芸能関係の仕事でもしてるのだろうかと思った男を、哲は頭に思い浮かべる。幽霊は黒衣の男にぴたりと寄り添うようにしていたが、自分にもそうしているのだとしたら、身体が重く感じるのも無理はない。

逆に、今頃あの男が身軽になっているのだとしたら、羨ましい。

「望みがないなんて変な奴だな。どんな望みでも叶えられるチャンスなのに」

だったら、どこかに行ってくれないか。そう、口に出して言いそうになったが、思うつぼだと気づき、言葉を呑み込む。サンドウィッチを食べ終え、おにぎりを取り出そうとした哲に、「ほら」と幽霊が差し出す。

「焼き鮭《じやけ》が好きなのか。雨燕《ユーエン》様もお好きだぞ」

幽霊は親切でおにぎりを出してくれたようだったが、哲には迷惑でしかなかった。周囲にはおにぎりが浮いてるようにしか見えないはずだ。誰かに見られなかっただろうかとどきどきしながら周囲を窺《うかが》い、つい、声を上げてしまった。

「やめろよ！」

しまったと後悔しても遅く、目の前ににやりとした幽霊の顔が現れる。

「やっぱり聞こえてるんじゃないか」

勝ち誇ったように指摘した幽霊は、残っていた野菜ジュースでお手玉を始める。哲が反応するポイントがわかった幽霊は嬉しそうでもあった。哲は慌てて野菜ジュースを取り上げ、幽霊を睨みつけた。

決して目を合わせてはいけないと思い、なんとなくしか捉《とら》えていなかった幽霊の全貌が視界に入る。最初に見た時も驚いたが、大きくて逞《たくま》しい。哲も背は高い方だが、全然かなわなかった。

厚い胸板、がっしりとした肩、太い腕はまるで格闘技選手のようだ。白い髪は長く、肌は褐色で、目の色は青い。暗い青は深緑色にも似ている。年齢という概念を感じさせない容貌だが、若くはなく、歳《とし》を取っているわけでもない。壮年というべきか。

身体的特徴と同じく、その服装からも異国の気配がした。年代は古く、大陸のもののようだった。

一通り観察した後、哲は意を決して幽霊に尋ねた。こうなったら、幽霊の頼みとやらを聞いて、早々に離れてもらうしかない。はあと大きく息を吐き、思い切って口を開く。

「頼みってなんだよ？」

「聞いてくれるのか」

「叶えられるかどうかはわからないけど、聞くだけ聞く」

「安心しろ。本当に簡単なことなんだ。お前が俺と手を繋《つな》いで…もう片方の手で、雨燕様の手を握ってくれればいい」

「ゆーえんさま?」

さっきも幽霊は同じ名を口にした。誰のことかわからず、名前を繰り返す哲に、幽霊は会ったはずだと言い放つ。

「雨燕様と一緒にいた俺に、お前は気づいたじゃないか」

「あ…」

あの黒衣の。あの人は雨燕という名なのか。しかし、幽霊が「様」という敬称をつけているのはどうしてなのか。それに。

「手を繋ぐとどうなるんだ?」

「雨燕様のお役に立てるようになる」

「……」

幽霊は自信満々に言うけれど、その意味はさっぱりわからなかった。詳しく聞こうとしたところ、昼休みの終了を告げるチャイムが鳴る。哲は手に持っていたおにぎりを急いで食べ、野菜ジュースを持って立ち上がった。

「おい。雨燕様のところへ行くんじゃないのか？」

「授業あるんだよ。終わってからな」

午後の授業を受けなきゃいけないと言う哲に、幽霊はそうかと素直に頷く。同時にその姿は消え、哲はほっと息を吐いた。

このままいなくなってくれる…わけはないだろう。とにかく、雨燕という名前らしい、黒衣の男に会わなくてはいけない。望みを叶えれば、幽霊は消えてくれるはずだと信じて。


午後の二限を終えると、哲は早々に帰り支度をして校舎を出た。学校の敷地を出たところで、幽霊の声がした。

「あっちだ」

「どこへ行くんだ？」

「雨燕様のいるところだ」

案内しようとする幽霊に行き先を聞いたが、明確な答えはない。幽霊はその場所を知っていても、土地勘はないように見えた。

同じく、東京へ来て間もない哲も自宅と学校の周辺くらいしか知らない。幽霊に促されるまま歩くこと十分余り。細い路地を入って間もなくのところに建つ、ビルの前で「ここだ」と告げられた。

道路に面した一階にはインテリア雑貨を扱うショップが入っており、二階にはイタリアの国旗を掲げた飲食店…恐らくトラットリアだろう…があるようだ。どちらかの店で働いていたりするのかなと考える哲に、幽霊は地下へ続く階段を指し示した。

「そこの階段で下りるんだ」

「下りる？」

一階と二階の店しか目に入っていなかったが、確かにインテリアショップの出入り口脇に階段があり、その前に小さな看板が見える。「寒月《かんげつ》」という漢字二文字だけで、どういう類の店なのかはわからない。

「あそこで働いてるのか？」

「さあ」

「は？」

居場所は知っているようなのに、「さあ」というのはどうしたことか。訝しげな哲に、幽霊は自分の事情を伝える。

「俺はあの階段から先へは入れないから、どうなっているのかもわからないんだ」

「どうして入れないんだ？」

「それはまあ…色々あるんだ。とにかく、お前は雨燕様を連れてきて、手を繋いでくれればいい」

「あのな。簡単そうに言うけど、俺はその…雨燕様とやらとは会ったこともないんだぞ。いきなり訪ねていって、一緒に外へ出てくれって頼んだところで、聞いてもらえるとは思えないんだけど？　お前が呼んでるからって言えばいいのか？」

事情はさっぱり読めないが、当然、幽霊は雨燕様と知り合いなのだろうと思い、確認してみた。すると、幽霊は慌てて「駄目だ」と言う。

「俺のことは話さないでくれ」

「なんで？」

「……。いいから」

早く行けと命じてくる幽霊を胡散臭《うさんくさ》げに見てから、哲は歩き出す。公道から二メートルほど下げて作られている一階店舗の出入り口へ向かい、その横にある階段を下りる。近づいて見た看板にはやはり「寒月」としか書かれていなかった。

階段から先へ入れないと聞いたので、何かあるかもと緊張したものの、なんてことはない普通の階段だ。白っぽいタイルが貼られた床面を一段ずつ確認しながら下りていくと、突き当たりの右手に吹き抜けになったスペースがあり、その向こうに白い麻布の暖簾《のれん》がかかっていた。

寒月と黒い文字が左隅に見える。階段の入り口にあった看板同様、店の内容を知らせる情報は一切ない。だが、高級そうな雰囲気だけはひしひし伝わってきて、哲は暖簾をじっと見つめて立ち尽くした。

事情があって、都心の高級住宅街に住んではいるが、つい数ヶ月前までは山と田圃しかない田舎にいた。マンションさえ珍しく、店といえば全国展開しているチェーン店か、家族経営の飲食店程度しか知らない。

そんな高校生の自分が入ってもいい場所なのだろうか。不安は大きく、引き返したくなったが、幽霊の望みを叶えてやらないとこれからもつきまとわれる。

それはごめんだと大きく深呼吸し、哲は勇気を振り絞って暖簾をくぐり、その向こうにあった白木の格子戸を引いた。

「……」

思っていたよりするりと戸が開くと同時に、カランカランと軽妙な音が鳴る。上を見れば、銀色の筒がいくつか連なっている呼び鈴がかけられていた。

出入り口である引き戸と対面する奥側にカウンターが設《しつら》えられており、その手前にテーブルと椅子がいくつか置かれている。二人席が二つに、四人席が一つ。客はいないが、どうも喫茶店のようだ。

店内をぐるりと見回した哲は、視線を感じてカウンターの方向へ顔を向ける。屈《かが》んででもいたのか、さっきは誰もいないように見えたカウンターの内側に、男が立っていた。黒いシャツに白い肌、整った顔。

朝、擦れ違った黒衣の男であるのは間違いなかった。カウンターの内側にいるのだから、ここで働いている…いや、他には誰もいないから経営者なのかもしれない。

「あの…」

「君は」

話しかけようとした哲を見て、男ははっとする。美しい流線型を描く瞳を見開き、息を呑む男は、朝に擦れ違った哲を覚えているようだった。

説明が省けるのに安堵《あんど》し、哲は幽霊の一件を切り出そうとした。しかし、幽霊から自分について話すなと口止めされている。なんの説明もなしに、男を店の外へ連れ出すというのは、相当な無理難題というやつではないのか。

入り口前で立ったまま思案する哲に、男が声をかける。

「こちらへ」

招かれてからカウンターの前に背の高いスツールが置かれているのに気づいた。提供のための調理台というだけでなく、客席としても使われているらしい。哲はおずおずと奥へ進み、カウンターの前で立ち止まった。

「すみません…」

自分は客ではなく、頼みがあって来たのだと言おうとした哲を遮り、男はお茶を飲むかと聞く。

「いえ。俺は…」

「今、入れるから、座りなさい」

飲むかと聞かれたから断ったのに、返答が耳に入っていない様子の男を困った気分で見て、哲は仕方なく椅子に腰掛ける。お茶ならさほどの金額ではないだろうから、小遣いで払える。お湯を沸かし、茶器を用意している男に、ここは喫茶店なのかと聞いた。

「ああ。中国茶専門の」

「中国茶…というと、ウーロン茶みたいな？」

「そうだな」

小さく笑って男は頷き、竹製の茶盤の上に白い磁器の茶杯を置く。蓋のついた蓋碗《がいわん》という茶器に茶葉を入れて湯を注ぎ、しばらく待って茶海と呼ばれるピッチャーの役目を果たす器へ移す。そこで濃度を一定にしたものが茶杯に注がれる。

「どうぞ」

お茶を勧められた哲は、軽く頭を下げてから、小さな茶杯を手にした。ウーロン茶というとペットボトルに入ったものしか飲んだことはない。熱いお茶を飲むのも稀《まれ》だ。思っていたより色が薄い。恐る恐る口をつけたところ、思わず声が出た。

「うま…。これ、本当にウーロン茶ですか？」

「中国茶には様々な種類があるが、君がウーロン茶と言ったので、凍頂烏龍《とうちょうウーロン》にした。台湾で作られているお茶だ」

「へえ」

ウーロン茶というのにも色々種類があるんだなと哲は感心する。男は小皿に盛った菓子を哲の前に出して、朝の話を始めた。

「向こうの路地で、擦れ違ったな？」

「はい。あの…」

「あれに何を頼まれたのだ？」

男は微かに目を眇《すが》めて尋ねる。意味ありげに男が「あれ」と名指したのは、幽霊のことだと哲はすぐにわかった。男は幽霊の存在に気づいているようなのに、幽霊はどうして自分について話すなと釘《くぎ》を刺したのか。

話すべきか、話さぬべきか。とにかく幽霊とおさらばしたい哲が迷っていると、男は続ける。

「ここへ案内したのもあれだな？」

「……」

「自分のことは話すなと？」

言い含められたのかと確認された哲は、そこで決心した。男はすべてわかっている様子なのに、自分が黙っているのも馬鹿らしい。

神妙に頷き、おかしな話だと思うだろうが…と前置きした上で、話し始める。

「俺は…その、幽霊みたいなのが見えるんです。信じられないかもしれないんですけど…」

「信じる」

「よかった。いや、それで…朝、擦れ違った時に、…あなたと一緒にいる幽霊が見えたんです。幽霊に取り憑かれてるんだなと思って、見なかった振りして通り過ぎようとしたんですが…」

「それは……白い長い髪をした、褐色の肌の…」

「そうです、そうです。もしかして、見えてるんですか?」

男も自分と同類なのかと期待して聞いてみたが、男は真面目な顔で首を横に振る。見えはしないが、幽霊には心当たりがあると言う。

「どうせ近くにいるのだろうと思っていた」

深刻そうに男が呟いたのを聞き、哲は違和感を覚える。近くにいるのだろうと思っていたというのはどこか他人事めいていて、男が幽霊から影響を受けていなかったようだとわかる。幽霊が自分から離れ、身が軽くなって気づいたというわけじゃないらしい。

それに。幽霊は百五十年振りに自分が見える人間に会ったと言った。三十代半ばほどに見える男の傍にいつからいたのだろう？　それに、男は幽霊が「雨燕様」と呼ぶ相手なのか？

「雨燕様、というのは…」

「私のことだ。あれは君に、なんでも望みを叶えてやるから頼みを聞いてくれとでも言ったのではないか？」

「はい」

「君は望みを…伝えたのか？」

「いいえ」

哲が首を振ると、男…雨燕は小さく目を見張る。

「なぜだ？　どんな望みでも叶えると言われたのだろう？」

「なんか怪しいなって思ったし…それより、どっか行って欲しくて…それで、頼みを聞くことにしたんです」

不審さを露《あら》わにする哲を、雨燕はしばし見つめた。黒い瞳は、その奥に宝石が埋め込まれているかのように輝いている。睫《まつげ》は長く、涙袋に影を作るほどだ。お茶を入れた磁器の如く、滑らかで白い肌は、男のものとは思えない。

改めて綺麗な人だと見惚《みと》れていた哲は、雨燕の表情が厳しさを増しているのに気づくのが遅れた。

「……あれが見えたということは…」

もしかして。雨燕は難しげな顔で呟き、すっと屈む。カウンター下に置かれた棚から取り出した小さな箱を、哲の前に置いた。

片手で持てるほどの小さな五角柱の箱には、螺鈿《らでん》細工が施されていた。きらきらと光る貝殻や珊瑚《さんご》などで宝相華《ほうそうげ》の文様が描かれている。雨燕は哲にそれを開けてみてくれないかと言った。

「開けるって…」

蓋が固くて開かないのか。唐突な要求に戸惑いながらも、哲は箱を手にする。箱を横から見ると、半分ほどのところに切れ目があるように見え、上部が蓋になっているのがわかる。

哲は両手で箱を持ち、摑んだ蓋の部分を捻《ひね》って開けようとしたが、びくともしない。

「っ…」

捻る方向が逆なのかと思い、反対にしてみる。開かない。捻るタイプではないのかと思い、引き上げようとするが、開かない。固まってしまっているのかと疑い、箱を観察する哲に、雨燕は残念そうな表情を浮かべた。

「開かないか」

「鉄じゃないみたいだから…錆《さ》びてるってことはないですよね」

「ふむ」

困り顔の哲に、雨燕は腕組みをして頷く。その間もなんとか開けようとして頑張ってみたものの、蓋は身と一体化してしまっているかの如く、ぴくりとも動かなかった。

「取り敢えず、それを持っていきなさい。それがあれば、あれは君に近づけない」

「そうなんですか？」

つまり、魔除《まよ》けのようなものなのだろうか。手に持っている箱を再度見つめ、お守りにしてはでかいなと考える。本当に効くのか。

だが、幽霊は階段から先へ入れないと言っていた。それが、この箱のせいなら。

「でも、俺がこれを持っていってしまっては、困りませんか？」

「何が？」

「幽霊がここまで入ってくるんじゃないかって」

「だとしても、私にはあれが見えないから平気だ」

涼しげな顔で断言する雨燕に頷き、哲は「ありがとうございます」と礼を続ける。幽霊に離れて欲しくて、ここへ来ることを渋々了承したのだ。幽霊が近寄れなくなるというお守りを貰えたのだから、向こうの頼みは聞いていないものの、自分の目的は達せられたことになる。

よかったと安堵した哲だったが、思わぬ宿題を与えられた。

「折を見て、蓋が開かないか、試してみてくれ」

「大事なものでも入ってるんですか？」

「大事なもの…。そうだな。とても大事なものだ」

哲が口にした言葉を繰り返し、雨燕はしみじみと言う。美しいその顔には微笑《ほほえ》みと共に恋慕の情が滲《にじ》んでいるような気がして、哲はどきりとした。

一体、何が入っているのだろう。手にした箱を見つめ、再度、蓋を開けようとしたが、やはり開けることはできなかった。


お茶代を受け取ろうとしなかった雨燕に礼を言い、哲は寒月という中国茶専門店を後にした。別れ際、雨燕は蓋が開いたら知らせに来て欲しいと頼んだ。

階段を恐る恐る上がり、外へ出た哲は幽霊がいないか辺りを見回したが、その姿は現れなかった。近くにいるのかもしれないが、箱の力で近づいてこられないのか。雨燕の言ったことは嘘《うそ》ではなかったと喜び、両手で大切に箱を握り締め、マンションへ帰った。

佑の帰りはいつも遅く、帰宅しても家には誰もいない。部活には入っていないので、普段は五時前には家に帰り着き、それから眠るまでの時間は無駄に長かった。

以前は、授業後に部活で汗を流し、その後も友達とぐだぐだしたりして、家に帰るのは七時過ぎだった。それから風呂に入って、食事をして、またスマホで友達とぐだぐだして…という毎日の中で、時間が余るように感じた覚えはない。

いつまでスマホ触ってるの、課題やったの、早く寝なさいよ。そんな小言も今はないのに、スマホを触る時間は減ったし、課題は全部やるし、十二時前には寝ている。

「…腹減ったな」

自分の部屋に荷物を置いてからキッチンの冷蔵庫を覗《のぞ》きに行くと、すぐに食べられそうなものは何もなかった。寄り道をしたので、帰りが遅くなり、六時を過ぎている。空腹なのも当然だ。

帰りがけに買ってくるのだったと後悔しつつ、もう一度出かけるために制服を着替えに部屋へ戻る。財布とスマホをズボンのポケットに入れ、部屋を出ようとした哲は、はっとする。

「そうだ…」

箱を忘れちゃいけない。机の上に置いていた箱も、スマホと一緒にポケットへ入れる。不格好なほど膨らんだポケットを気にして、トートバッグにでも入れていこうかと考える。

確か、小さめのエコバッグがキッチンにあったはずだ。それを取りに向かった哲は、部屋のインターフォンが鳴ったので、キッチンの壁に備えつけられている受話器を取った。

「はい」

佑の住むマンションはオートロックで、宅配もロビイにある宅配ボックスへ預けるか、自室まで運んでもらうかを選択できる。宅配ならば、入れていってもらおうと考えながらモニター画面を見た哲は、微かに眉を顰めた。

この人は…。

『あ…すみません。広尾《ひろお》第一高校で中江くんの担任をしている百瀬という者ですが、中江くんは…』

「先生？」

カメラ越しに名乗るのは、クラス担任の百瀬だ。どうして百瀬が訪ねてきたのか、不思議に思って、哲はインターフォンを通して尋ねた。

「どうしたんですか？　何か用でも…」

『あ、中江くん？…いや、なんだか今日、調子が悪そうだったんで、心配で…様子を』

「え…」

まさか、そんな理由で？　驚きながら哲は、ちょうど出かけるところだったので、そっちへ行くと告げる。出入り口のオートロックを解除して、ラウンジで待っててくれるように頼んでから、受話器を戻した。マンションのエントランスを入ってすぐにある共用ラウンジにはソファセットが置かれていて、待ち合わせなどに使うことができる。

エコバッグを探すのは諦め、ポケットの辺りを膨らませたまま、急いで玄関を出た。エレヴェーターで一階へ下りると、百瀬はぽつんとソファの端っこに座っていた。

「先生」

「中江くん」

哲を見た百瀬は立ち上がり、ほっとした表情を浮かべた。小柄な百瀬は顔も小さくて、顔立ちも可愛《かわい》らしいので、スーツを着ていても若く見える。学校外だとそれが際立ち、高校の教師にはとても見えなかった。

「授業後に声をかけようと思っていたんですが、気づいたらいなかったので、寄ってみました。元気そうでよかったです」

「すみません。心配かけて」

調子が悪かったのは幽霊のせいだとは言えず、世話をかけたのを詫びる。校内で声をかけられるならともかく、自宅まで寄ってくれたのが申し訳なくて、「すみません」と繰り返す哲に、百瀬は微笑んで首を横に振った。

「帰るついでなので。中江くんは環境が変わったばかりで色々と大変でしょうから、無理はしないで、何かあったらすぐに言ってください」

「ありがとうございます。わざわざ来てもらって…申し訳ないです」

深く頭を下げる哲に、百瀬は気にしないでくださいと言い、「また明日学校で」と挨拶する。帰ろうとする百瀬に、哲は自分も出かけるところだったので、一緒に出ると伝えた。

「どこへ行くんですか？」

「コンビニに。食べるものなくて」

夕飯を買いに行くのだと聞いた百瀬は、微かに緊張したような顔つきになった。それを不思議に思う哲をじっと見て、「確か」と口にする。

「おじさんと…暮らしてるんでしたよね？」

「はい」

「二人で？」

「はい」

「おじさんは……結婚とか…」

「独身です」

「恋人は…」

結婚までは普通に答えていたが、恋人と聞かれて、不審に思った。なぜそこまで？　哲が答えを迷っているのに気づいた百瀬は、慌てて撤回する。

「い、いえ。すみません。つい…」

出来心で…と百瀬は弁明するが、生徒の保護者に恋人がいるかどうか、担任が聞くというのはどうもおかしい。未成年者である哲を面倒見てくれる存在がいるのかと心配するのはわかるのだが。

結婚はともかく、恋人というのは。

「忘れてください。お願いします」

訝しげな顔つきの哲に、百瀬は必死になって頼んだ。その顔は赤くなっていて、哲は驚く。

百瀬は穏やかで優しく、教え方も丁寧で、生徒たちから好かれている。親身になって生徒のことを考えてくれるという評判も聞いていて、だから、自分のことも心配して訪ねてきてくれたとわかるのだが…。

赤い顔で俯き、困ったように言葉を探している百瀬は…教師としてというよりは、別の目的があって、質問したのではないかという考えが浮かんだ。叔父に…つまり、佑に恋人がいるかどうかという問いかけには、何か思惑があったのではないか。

しかし、一体、どういう思惑が…。

「哲？」

困惑しつつ考え込んでいた哲が、ふいに聞こえた声にはっとして振り返ると、佑が立っていた。百瀬と話しながらエントランスを出て、マンションの敷地から足を踏み出したところだった。

毎晩、深夜にしか帰ってこない佑がどうしてこんなに早く？　不思議に思いつつ、「おじさん」と返す。すると、傍にいる百瀬がびくりと震え上がった。

「…?」

思いがけない激しい反応に、哲は驚いて息を呑む。百瀬が動揺している理由がわからず、戸惑う哲に、佑は「何してるんだ?」と聞いた。

「いや。今、担任の先生が…」

「担任…」

哲の陰に隠れていた百瀬の姿がはっきり見える位置まで来ると、佑は立ち止まり、口元を手で覆った。その目は大きく見開かれ、百瀬を凝視している。百瀬も俯かせていた顔を上げ、佑を同じような目で見つめた。

「……」

「……」

無言で見つめ合う二人の横で、哲は一人、状況が見えずに弱り果てた。

三

佑の自宅は六本木から地下鉄で二駅の都心にある。ハイソサエティな人々が好んで暮らす住宅地に建つ低層マンションは、最低販売価格の部屋でも億はくだらない高級物件だ。懇意にしている投資家に頼まれて住んでいるマンションは部屋数もあり、すぐに哲を引き取ることができた。

年に一度、お年玉を渡すだけの関係だった哲とは、まだ距離がある。無理もない。向こうは多感な高校生で、両親をいっぺんに亡くし、いきなり田舎から出てきてこんな都会で暮らさなくてはいけなくなったのだ。佑の方もどう接すればいいのか、悩むところだった。

食事をして、どうだと様子を聞いても、哲がべらべら話すとは思えない。沈黙の夕食になりそうな予感がしたが、これも叔父の務めというものだろう。困ったことがあったりしたら、いつでも言ってくれればいいと、改めて伝えようと考えながら、何気なく前方を見ると、哲の姿があった。

マンションの敷地と歩道の間くらいのところに立っているのは、後ろ姿ではあるものの、背格好から哲に違いなかった。帰ってきたところだろうか。だが、制服じゃないから、出かけるところなのか。

「哲」

だったら、ちょうどよかったと思い、佑は哲の名前を呼んだ。その声に気づいて、哲が振り返る。

「おじさん…?」

驚いた顔の哲の向こうに人影が見えた。哲の身体に隠れていたのでわからなかったが、誰かと一緒にいたらしい。

「何してるんだ?」

誰だろうと思いながら近づいていった佑は、相手の姿がはっきりしてくるに従って、心の底がすうっと冷えていくような感覚を味わった。急に立ち上がった時みたいな目眩《めまい》がする。

どうして…と息を呑む佑の心情には気づかず、哲が説明した。

「いや、今、担任の先生が…」

「担任…」

担任という言葉を哲から聞き、佑は口元を手で押さえて立ち止まった。そうしないと、余計な何かが漏れ出してしまいそうだった。

担任の先生…つまり、高校の教師。

高校の、教師。

「……」

哲が編入試験に合格し、一緒に転入先の高校へ挨拶に行った際、担任となる教師は出張で不在にしているとのことで、会えなかった。その後、連絡はなかったのだが、保護者としては新米の佑は、仕事が多忙だったせいもあって気にかけていなかった。

まさか…こんな偶然があるなんて、思いもしなかった。けれど、向こうは哲に関する書類を見た時点で、保護者が自分であるとわかったに違いない。なのに、今頃訪ねてきたのはどういうつもりなのか。

まったく想定していなかった再会に衝撃を受け、フリーズしたままの佑に、哲が呼びかける。

「おじさん？」

「……」

不思議そうな声を聞き、佑ははっとした。哲に悟られてはいけない。慌てて営業用の顔を作り、百瀬に近づいて姿勢を正し、頭を下げる。

初めて会う、顔をして。

「……哲がお世話になっております。叔父の朝永です」

「……」

佑から初対面を装う挨拶をされた百瀬は、微かに顔を歪《ゆが》めた。なんとも言い難い複雑そうな表情を浮かべ、浅く息を吸って口を開く。

「広尾第一高校の百瀬です。中江くんの担任を…」

消え入りそうな声で自己紹介をしかけた百瀬は、途中で言葉に詰まった。百瀬の様子がおかしいのに気づいた哲が、眉を曇らせる。どうしたのかと哲が尋ねる前に、百瀬は口早に「すみません」と詫びた。

「ちょっと…用を思い出したので…」

失礼しますと続け、二人に背を向けて駆け出す。明らかに動揺している百瀬を「先生？」と呼び、追いかけようとした哲を、佑は止めた。

「どこ行くんだ」

「だって」

「用があるんだろ」

邪魔するな…とぶっきらぼうに言う佑を、哲は不満げに見たが、すでに百瀬の姿が視界から消えていたのもあり、留《とど》まった。百瀬が去っていった方を見ている哲に、佑は夕飯はまだなのかと確認した。

「うん。食べるものなかったから、コンビニに行こうかと…」

「ちょうどよかったな。仕事が早く終わったから、飯でもどうかと思って帰ってきたんだ」

「そうだったんだ」

「……担任が訪ねてくるなんて、聞いてないぞ」

哲は何も言ってなかったが、元々、家庭訪問の予定があったのだろうか。多忙な自分を気遣い、話さなかったのかと考えたが、違うと哲は言う。

「今日、ちょっと気分が悪くて保健室に行ったりしたから、心配して来てくれたみたいで」

「大丈夫なのか?」

哲は幼い頃から健康で、病気とは無縁だからと、体調は心配していなかった。もう高校生だからという考えもあった。気遣わなかった自分を反省する佑に、哲はあっさり返す。

「すぐに治ったから平気。それより、腹減ったんだけど」

「ああ。そうだな…」

何が食いたい? 佑の質問に、哲は「肉」と答える。焼肉でいいかと聞くと、嬉しそうな顔で大きく頷いた。近くの店へ哲を連れて向かいながらも、まだ胸がどきどきしているのを感じていた。

久しぶりに見た百瀬の姿が、頭から離れない。

全然、変わっていなかった。もう、十年経つはずなのに。

ＪＲの駅からほど近いビルの二階にある焼肉店へ入ると、哲に好きなものを頼むよう、メニュウを渡した。佑はビールとキムチの盛り合わせを先に注文し、すぐに運ばれてきたビールを飲みながら、嬉しそうな哲を眺める。

「焼肉とか久しぶりだから迷う。肉の種類も多いし。カルビでも色々あるみたいで…どうしよう。何がいいのかな」

「迷うならその辺のセットとかどうだ。色々入ってるみたいだろ」

「そっか」

佑の勧めに頷き、哲は肉の盛り合わせセットと、ライスの大を頼む。肉に白米という、男子高校生らしいセレクトに苦笑しつつ、佑はビールを飲んだ。

「悪いな。全然構ってやれなくて。毎晩、コンビニか？」

「いいよ。おじさん、忙しいんだし。料理とか、そろそろ覚えなきゃいけないって思ってるんだけど」

ハードルが高いと言う哲に、佑は同意する。一人暮らしを始めて二十年近くになるが、自炊したことはほとんどない。

「それでも生きてるからな。なんとかなる」

「なるほど」

頷いて、店内を珍しげに見回す哲は、自分と同じくらいの背丈になって、大人びたといえども、その顔にはまだあどけなさが残っている。田舎育ちのせいもあるのだろう。山と田圃しかない故郷に比べたら、ここは外国のようなものに違いない。

「学校は行ってるのか？」

「もちろん」

「偉いな」

「そこ、褒めるところ？」

当たり前じゃんと真面目な顔で続けたところへ、肉が運ばれてきた。先に火を点《つ》けてあったロースターは温まっており、佑は哲のために肉を焼き始める。

「部活は？　前はサッカーをやってたんだろう」

「途中から入るのも面倒そうだし、やめておく」

「そうか。他に…塾に行きたいとか、やりたいことがあれば言えよ」

佑は哲の保護者として、彼が成人するまで、姉夫婦が残した財産を管理する立場にある。大学へ行くための資金は十分にあるから遠慮はするなと、哲にも伝えてあった。

「他にも困ったことがあれば…」

すぐに相談しろ…と言いかけて、焼き上がったタンをトングで摑んだ佑は、向かいに座る哲の顔がさっと曇ったのに気づいた。実はトラブルでも抱えているのかと心配になり、タンを小皿に置いて、「なんだ？」と聞く。

哲は慌てて「別に」と返し、タンをご飯に載せて口いっぱいに頰張った。美味《うま》いと喜びながらも、その顔にはどこか陰がある。

重ねて聞いた方がいいのか。迷う佑に、哲が「あのさ」と言いにくそうに口を開いた。

「ひいおじいちゃん……おじさんにはおじいちゃんなんだろうけど、その話、知ってる？」

「……」

どういう内容の話であるのか、哲は言わなかったが、「おじいちゃん」というだけですぐにぴんときた。同時に面倒だなと苦く思って、内心で嘆息する。祖父が「見える」体質の人間だったのは、佑も承知している。哲にそれが遺伝したとは。

姉が自分に話さなかったのは、事件を起こして故郷を出た自分に、余計な心配をかけまいと考えたからだろう。正月に会うたびに、元気でいてくれたらそれでいいと姉はいつも言っていた。

毎年、にこにこと迎えてくれて、懐かしい味のおせちを食べさせてくれた。どこに住み、何をしているのか、聞かれたことは一度もない。

佑はなんの話だと哲に聞き返す。

「…いや。知らないならいいんだ」

「どういう話か言わないとわからない」

「いいんだ」

忘れて。哲は慌てて話を打ち切り、「これいい?」と聞いて焼けたカルビを箸先で指す。

佑は頷いて、トングで肉を取ってやる。

「…うわ。この肉、マジで美味い。こんなの、食ったことない」

「よかったな」

美味い美味いと繰り返す哲のために、肉を焼き、ビールのお代わりを頼む。がつがつ食べる高校生の食欲に眩《まぶ》しさを感じつつ、佑はそれとなく百瀬について聞いた。

「さっきの、担任」

「ああ。百瀬せんせ?」

「……」

どうだ? と続けようとして、何か違う気がした。迷った末に口をついて出たのは。

「結婚してるのか?」

さりげなく見た左手に指輪はなかった。けれど、指輪をしない既婚者も多い。百瀬の顔を久しぶりに見て、あの後、しあわせになったのだろうかと考えていたせいで、哲にそんな質問を向けてしまい、すぐに後悔する。

慌てて撤回しようとした佑に、哲は首を横に振って答えた。

「してない…みたいだけど…。変なの」

「何が？」

「さっき、百瀬先生にも聞かれたんだ。おじさんは結婚してるのかって」

「……」

ほおばったご飯を飲み込み、哲がつけ加えた内容は佑を動揺させた。しかし、百戦錬磨のスーパー営業マンである佑は、そんな素振りは微塵《みじん》も見せず、一般的な質問だからだろうと返す。

「家庭があるかないかで、信頼できるかどうか見たりする場合もあるし」

「そうなの？　偏見じゃない？」

確かにその通りで、ぐうの音も出なくなる。佑はごまかすためにビールを飲み、話題を変えようとしたが、百瀬が結婚を口にした理由が気になって、言葉が続かなかった。結婚なんて。百瀬ならともかく、自分にはあり得ないとわかっているだろうに。

百瀬がどういうつもりで訪ねてきたのか疑問だったけれど、その発言でさらに謎が深まった。ただ哲を心配して訪ねてきただけなら、自分が結婚してるかどうかなんて聞くわけがない。

哲じゃなくて…自分に会いに来たのだとしたら…。

「おじさん」

「え?」

「肉、自分で焼くからいいよ」

ぼんやり考えている内に、肉が焦げてしまっていた。トングを貸してくれと要求する哲に任せ、佑はビールのお代わりを頼む。感傷的になって、自分に都合よく考えたところで、今更何も始まらないとわかってるじゃないか。

そう自分に言い聞かせて食べたキムチは、ひどく辛くて顔を顰《しか》めた。


それに。今は百瀬のことよりも、哲がどうして「おじいちゃん」について尋ねようとしたのか。そっちを気にしてやらなきゃいけない。

佑は何かが見えたりはしなかったが、厭な感覚には敏感だった。それを伝えると、祖父は具体的にどういうものがいるからだと教えてくれた。ただ、それは佑と祖父の間だけでの秘密だったから、姉にも親にも、何かを感じるという話はしたことがない。

哲は祖父と同じように、具体的な像が見えるのだろうか。それとも自分みたいに感じるだけなのか。哲は聞けば答えただろうが、なんとなく聞くのが怖い気がしてふんぎりがつかなかった。

美味《おい》しかったと満足げな顔の哲と店を後にし、マンションへ戻った。肉を焼いた煙の匂いがついていたので、哲に風呂へ入るよう促す。

哲が出てきたら、自分もシャワーを浴びようと思い、リビングのソファに寝転がってテレビをつけた。こんな時間に家にいるのは、いつ以来か。明日は仕切り直しのアポが追加で入ってきているので、忙しくなる。

風呂に入ったら寝るか。そう思って、スマホでスケジュールを確認し始めた佑は、ふと思い出して、写真フォルダを覗いた。

「……」

あの頃はスマホがまだ普及してなくて、皆ガラケーだった。写真を撮る機能はあったものの、今よりもずっと画質が粗かった。当時の小さな、ぼやけた写真を一枚だけ、今でも保存している。

ガラケーからスマホに変え、その後、買い換えたりもしてるのに、この写真だけは一緒にある。自分で壊したくせに、それだけ未練があったということか。

唇の端を歪め、自虐的な笑みを浮かべると、ドアの開く音がする。

「おじさん、出たよ」

「ああ…」

「こっちに充電器ってあったっけ」

尋ねながら近づいてきた哲は、ソファの前にあるローテーブルに、手に持っていたものを置いた。スマホに財布…というのは、脱いだ服から持ち出してきたのだろうとわかったが、もう一つ、見慣れないものがあった。

黒地に螺鈿細工の施された、箱だ。古くて、しかも高価そうである。

「なんだ、それ」

起き上がった佑が箱を指して尋ねると、充電器を探していた哲は、はっとした表情になる。しまったとでも口にしそうな顔つきに、厭な予感を覚えた。

「どうしたんだ？」

まさかと思うが…どこからか盗んできた？　いやいや。哲はそんな真似《まね》をするタイプじゃない。あり得ない濡《ぬ》れ衣《ぎぬ》を、一瞬でも着せようとした自分を反省しつつ、佑は箱を手にした。

十代の少年が持っているには、かなり違和感のある代物だ。上から見ると五角形をしている箱は、掌にすっぽり収まるくらいの大きさで、どういう用途のものかはわからない。

「いや…えっと……。友達に……蓋を開けてくれって頼まれて」

「友達？」

「学校の？」

だとすれば哲と同じ十代で、やはり不似合いな気がすると思いながら、佑は箱を見つめる。蓋を開けてくれと頼まれたということは、開かなくて困っているのか。

「開かないのか？」

「びくともしないんだ。そうだ。おじさん、開けてみてよ」

体格は変わらないし、腕力は哲の方がありそうだ。自分に開けられるとは思わなかったが、佑は促されるまま、箱に手をかけた。

「どっちかに回すのか？」

それとも、上に引っ張るだけなのか。蓋と一口に言っても、開け方には色々ある。取り敢えず、一般的な方法をと思い、哲に尋ねながら佑は蓋部分を持って、時計回りに回してみた。

すると。

「…開いたぞ」

拍子抜けするくらい、するっと蓋が回った。哲が驚いたように「えっ！」と声を上げる。びくともしないなんて、開け方が悪かったんじゃないのか…と言いかけて、佑はそこで意識を失った。

四

風呂を出た哲は、スマホや財布と一緒にズボンのポケットに入れていた幽霊除けの箱を持って、リビングへ向かった。前夜、スマホの充電器をテレビの近くに置きっぱなしにした覚えがあった。

ついでにソファで寝そべっていた佑に、風呂が空いたのを知らせる。何気なく、手に持っていたスマホと財布と箱をテーブルの上に置いた哲は、「なんだ、それ」と聞かれて、慌てた。

男子高校生である自分にはらしくない持ち物だという自覚は哲にもあった。佑の表情が訝しげで、高価そうな箱をもしかしてどこかで盗《と》ってきたのではあるまいなと、疑っている気もする。

焦った哲が口にした言い訳は、「学校の友達」から蓋を開けて欲しいと頼まれたというものだった。微妙に嘘が混じっているが、頼まれたのは事実だ。

「おじさん、開けてみてよ」

ついでに、佑にもチャレンジして欲しいと頼んでみる。雨燕の店ではどう頑張っても開かなかったが、力ではなくコツが必要なのかもしれない。

そんな考えが当たったのか、佑はすぐに蓋を開けてみせた。

「…開いたぞ」

「えっ！」

自分があんなに必死になっても開かなかったのに。どうやって開けたのかと聞こうとした哲は、佑の身体ががくりとソファに倒れ込んだのに驚いた。

「おじさん⁉」

慌てて近寄り、佑の身体に触れようとしたところ、今度はむくりと起き上がる。唐突な動きに驚きつつも、哲は「おじさん？」と呼びかけた。

「どうかした？」

焼肉店で佑はビールをジョッキで三杯くらい飲んでいた。酒に強いのは知っていたから、平気だろうと思っていたのだが。

もしかして、酔っ払っているのかと疑う哲の前で、佑は不審な動きをする。

「…ふむ……、なるほど……」

ソファから立ち上がり、自分の身体を確かめるようにしげしげと、指先までくまなく観察する。心配する哲も構わず、ソファの横へ出て、いきなり逆立ちを始めた。

「な…何してんの？」

さらに、逆立ちからバク転をして、ぴょんぴょんと垂直に跳び、脚で宙を蹴り、身体を捻る。まるで身体の機能を試しているかのような動きを、哲は眉を顰めて見つめていた。

一体、どうしたのか。佑がジムに通っているという話は聞いたことがないし、身体つきも背は高いけれど、逞しくはない。こんな俊敏な動きができるなんて知らなかった。

息を呑む哲を、動きを止めた佑はちらりと見た。

「…そっちの方がよかったな」

「…？」

そっち…というのは、どういう意味か。さすがに怖くなってきて、頭に問題が起きたのかと戦く哲の前で、佑は先ほど開けたばかりの箱の蓋を再び閉めた。

「ふん。こんなものに」

忌々しげに呟き、箱を睨む目は鋭く、佑のはずなのに、佑じゃないようだった。言葉遣いも、姿勢も、表情も。何か違っているように思えるのは、なぜなのか。

まるで中身が変わってしまったみたいに。

「おじさん…」

恐る恐る呼びかける哲を無視し、佑は箱を手中に握り締めたまま、リビングのドアへ向かう。哲はその後を追いかけ、玄関へ行こうとする佑に問いかけた。

「え、風呂入るんじゃないの？　どこ行くんだよ？」

「……」

「おじさんってば。マジ、大丈夫？　なんか変じゃ…」

「…案ずるな」

玄関まで行き、立ち止まった佑は哲を振り返った。確かに声は佑なのに、物言いが全然違うせいか、別人に話しかけられているみたいだ。

「しばし借りる」

「借りるって何を？」

「……。甥の哲か」

「なに、改まって」

そんなことをなぜ確認するように言うのかわからず、哲はたじろぐ。佑はしばし哲を見つめた後、靴を履き、玄関から出ていった。

「……」

仕事で急用ができたから出かけるとでも言われたなら、気をつけてと見送れた。しかし、どう考えても様子がおかしかったのが気になって、哲はスマホや財布を取りに戻って、佑を追いかけた。

部屋を出て、エレヴェーターで一階に下りる。ラウンジやエントランスに佑の姿はなく、マンションを出たところで、スマホを取り出した。どこにいるのか聞こうとして、電話をかけ始めた哲は、ぞっとして顔を上げた。

「っ…‼」

「俺の頼みはどうなった？」

目の前に幽霊の顔があって、心臓が止まりそうになる。そうだ。佑が箱を持っていってしまったから、それで…。

息を呑んで後ずさる哲を、幽霊は難しい顔つきで腕組みして見下ろした。

「お前が雨燕様のところから出てきた後、近づけなくなったんだ。お前も俺のことが見えてないみたいだったし。どうしてなのかわからなかったんだが、…今は見えてるんだよな？」

「……」

やはり雨燕から貰ったあの箱が幽霊除けになっていたのだと確信する。あれが手元からなくなった途端、見えるようになったのだから間違いない。

幽霊は「まあいい」と呟いた後、雨燕に会ったのかと哲に確認した。

「…ああ」

「どうして連れてきてくれなかったんだ。約束しただろ」

「約束したわけじゃない。…店に入る前も言っただろ？　いきなり訪ねていった初対面の…しかも俺みたいな高校生が、一緒に来てくれって頼んだところで、聞いてくれるわけがないって」

「駄目だったのか」

正確には違うのだが、哲は取り敢えず頷いた。幽霊は疑うことなく、「そうか」と眉を険しく顰める。

「雨燕様は気難しいところがおありだからな…。どうしたものか…」

「……」

悩む幽霊を見ながら、雨燕と幽霊はどんな関係にあるのかと、哲は考えた。

幽霊は自分の存在を雨燕に告げるなと言ったけれど、向こうはお見通しのようだった。なんでも望みを叶えてやると幽霊が言ったのも当ててみせたのだ。

だから、二人は知り合いに違いないのだが…。雨燕に内緒でことを運びたいと言う幽霊には、何やら疚《やま》しい計画があるような気がする。そして、雨燕は幽霊の企《たくら》みを察しているのではないか。

そんなことを推測していた哲は、はっとする。そうだ。

「…悪いけど、今はそれどころじゃないんだ」

後にしてくれと言い、手に持ったままだったスマホを操作する。佑に電話をかけようとしていたところだった。再度かけ直してみたが、佑は出ない。

困り顔でスマホを耳につけていた哲に、幽霊は何をしているのかと聞いた。

「…おじさんの様子がおかしくて心配なんだけど…どこに行ったのか、わからないんだ。電話にも出ない」

「そいつの匂いがついたものはあるか？」

「捜せるのか？」

匂いの後を追うとでもいうのか。不審に思いつつ確認する哲に、幽霊は自信満々に頷く。哲は迷ったが、佑の無事を知りたい気持ちが強く、一度マンション内へ戻った。

佑の部屋に入って何がいいか考えていると、すぐ近くで声がする。

「そこの枕でいい」

「っ…びっくりした！　ついてきてたのか」

一人で戻ったつもりだったのに、幽霊はすぐ傍にいた。あの箱があった時は入ってこられなかったようなのに。箱のパワーを実感しつつ、枕を取って渡す。

枕を掴んだ幽霊は、それに顔を埋めて思い切り匂いを吸い込んだ。

「…よし、覚えた。こっちだ！」

「犬かよ」

まさか…幽霊に警察犬染みた能力があるなんて。目を丸くしながらも、哲は早く来いと急《せ》かしてくる幽霊の後を追いかけた。

くんくんと鼻を鳴らして進む幽霊につき合って歩いていくと、高校への通学路に出た。続いて今朝方《けさがた》、幽霊を取り憑かせていた雨燕に出会《でくわ》した道に入る。

「本当に合ってるのか？」

「匂いはこっちへ続いてる。間違いない」

疑わしげな哲に、幽霊は自信たっぷりに断言したが、高校を通り過ぎた辺りで歩みを緩めた。

「どうした？」

「いや…。こっちは……。まさか…」

さっきまで迷いなく案内していた幽霊が何かに戸惑っている様子なのを見て、哲はどうしたのかと尋ねた。幽霊は答えず、間もなくして足を止めた。

匂いで捜すなんて、やっぱり無理だったんじゃないのか。幽霊なんかを頼ろうとした自分が馬鹿だったと反省し、スマホを取り出す。

「わからなくなったなら、もういいよ。やっぱ、電話してみる…」

「いや」

「なんだよ？」

「あそこにいる…はずだ」

幽霊はそう言って、真剣な顔つきで斜め前方を指さす。幽霊が指し示した先は、集合住宅やビルが建ち並ぶ街中で、そこだけこんもりと緑に囲まれている一角だった。

都心でありながら寺や神社が多くある地域だ。寺社の境内には木々が多く植えられている場合が多いので、その手の場所なのかと、哲は尋ねる。

「あそこって……神社とか寺でもあるのか？」

「いや。あそこは…雨燕様がお住まいの屋敷だ」

「雨燕様って…」

寒月で会った、端麗な雨燕の顔を思い出し、哲はもう一度、緑の一角を見つめる。なるほど。目を凝らせば、木々の合間に屋根らしきものが見えるので、家があるようなのだが。

「なんで、おじさんがあの人の家に？」

「……」

最大の疑問をぶつけても、幽霊は答えず、表情を険しくしたまま黙っていた。事情はまったく読めないが、雨燕の家ならば訪ねても差し支えはないだろう。夕方に会った自分を、覚えていてくれるはずだ。

「ちょっと聞いてくるよ」

「ま、待て…！」

「なんだよ」

慌てて引き留める幽霊を、哲は不満げに見る。自分があそこにいると言ったくせに。もしや、出任せを言って、再び雨燕に会わせようという魂胆があったのだろうか。

そんな疑いをかける哲に、幽霊は真剣な顔で確認する。

「…もしや…雨燕様はお前に、何か渡したか？」

「え」

とぼけられればよかったのだが、咄嗟《とっさ》のことで、どきりとした気持ちが顔に出てしまう。

幽霊はそれを見逃さず、哲をぎろりと見据えた。

「これくらいの…小さな箱か？」

雨燕から渡された箱の存在を幽霊が知っていたのに戸惑いつつ、哲は無言を返す。箱のお陰で幽霊を除《よ》けられていたのだから、あれがなくては困る。幽霊に箱を奪われるような事態を避けるため、ごまかそうとした哲を制して、幽霊が続けた。

「雨燕様は蓋を開けるように言われたのか」

「……」

「お前は開けられなかったが、おじさんとやらが開けたんだな？」

「……」

無言で肯定してしまう哲の前で、幽霊は絶望的な表情を浮かべた。顔だけじゃない。大仰に両手を天に向かって上げて悲嘆に暮れる。

「なんてことを…！　あの箱を開けるなんて…！」

「…どうして開けちゃ駄目なんだ？」

佑が蓋を開ける様子を見ていたが、中には何も入っていないようだった。てっきり、高価なものとか、大事なものでも入っていると思っていたので、雨燕が箱を開けたがった理由がわからなかった。

同じくして、幽霊が嘆く理由も。

「何も入ってなかったみたいだったけど…」

「やっぱり雨燕様はお前に箱を渡したんだな⁉」

「あ…いや、その…」

「俺が見えるってことは…箱を開けられる可能性もあるってのを失念していた…。くそっ…道理で…。ああ、しまった。困ったことになったぞ」

「黙ってたのは悪かったけど、あの箱はなんなんだ？　教えてくれ」

箱が開いたという事実に動揺している幽霊は、腕組みをしてぐるぐると歩き回る。質問する哲の声も聞こえていないようで、唐突に立ち止まると「逃げるしかない」と沈痛な面持ちで呟いた。

「とにかく、遠くへ…」

「待てよ！」

そのまま飛んでいってしまいそうな幽霊の腕を哲は咄嗟に摑んで引き留める。説明しろと求める哲に、幽霊は離せともがく。幽霊は逞しい身体つきをしていて腕力もかなりありそうなのに、哲の手を振り解《ほど》けないようだった。

しばし抵抗した後、諦めて口を開く。

「あれには楊暁《ヤンシャオ》が入ってたんだ！」

「やんしゃお？」

「箱を開けた途端、お前の叔父は人が変わったようにならなかったか？」

「…！」

幽霊の言う通りで、哲は驚いて思わず手を離す。ようやく自由になれた幽霊は哲から飛び退いて距離を取り、「とにかく」と鼻息荒く言った。

「俺は逃げる！　じゃあな！」

「ちょっ…待てって！」

再度捕まえようとして手を伸ばしたが、幽霊はすっと宙へ舞い上がり、そのまま消えてしまった。出てこいよと叫んでも応答はなく、周囲をいくら見渡しても、幽霊の姿はない。

「どうしよう…」

幽霊が消えてくれたのはありがたいが、佑の話が気になる。確かに佑は箱を開けた途端、人が変わったようになった。話し方も顔つきも。その上、ぴょんぴょん飛び跳ねてバク転までしていたのだ。普段は運動など、まったく無縁の人なのに。

あれが…箱を開けたせいだというのなら…。

「どうなってんだよ…」

自分の置かれた状況が理解できず、哲は困り果てて緑に囲まれた家を見る。幽霊はあそこに佑がいるはずだと言った。それが本当かどうかはわからないが、雨燕の家のようであるので、訪ねても問題はないだろう。

雨燕に会えたら箱についても聞ける。箱が開くのを幽霊が恐れていたのはなぜなのかも、知っているかもしれない。

哲は鬱蒼《うっそう》とした木々に囲まれた家に近づき、錆びた鉄製の門扉越しに敷地内の様子を窺った。二階建ての家を囲むようにして木々が植わっており、建物の高さ以上に成長したその枝が、屋根を覆っている。

今は夜だから真っ暗だけれど、昼でも日差しが入らなさそうだ。玄関までのアプローチには敷石が敷かれていたが、雑草が生い茂っていて、獣道のようになっている。人が住んでいる気配はまったくしない。

門柱には表札もインターフォンもなく、郵便受けさえ見当たらなかった。目をこらして家の玄関方向を見ると、褪《あ》せた水色のドアの横にチャイムらしきものがある。意を決して門扉を押してみると、ギイと軋《きし》んだ音を立ててゆっくりと開いた。

敷地内へ入り、門扉を閉めて玄関へ向かう。築年数の想像がつかない古い屋敷の窓は、見える限りすべて雨戸が閉められており、中に人がいるかどうかわからなかった。チャイムを押してみるものの、壊れているようで、鳴った気配がない。

仕方なくドアをノックし、「すみません」と呼びかける。返事はない。雨燕はいないのだろうか。心細くなりながら、玄関ドアのノブを摑んでみると、鍵はかかっておらずするりと開いた。

「すみません…、あの…」

声をかけながら、中を覗いた哲はあっと息を吞んだ。

三和土に脱ぎ捨てられている、あの靴は。

「おじさんのだ！」

佑の靴だと確信し、哲は遠慮を忘れて家の中へ入った。玄関ドアを閉め、もう一度靴を確認した後、奥へ呼びかける。

「すみません！　こんばんは！　誰かいませんか？」

大きな声で何度か呼びかけてみたものの、返答はない。だが、ここに佑がいるのは確かなようなのだから、顔だけでも…いや、どういうことなのか事情を聞きたい。

哲はスニーカーを脱ぎ、家へ上がる。おじさん、と呼びかけながら、玄関のホール先にあるドアを開けた。

「おじさん？　いるんだろ？」

答えはなく、人気もない。雨戸が閉め切られている部屋は真っ暗だったが、目が慣れると室内の様子がぼんやり見える。

広い部屋は応接室のようで、壁際には本がぎっしり詰まった本棚が並び、板張りの部屋には革製のソファセットが置かれている。窓際にはグランドピアノがあり、時代を感じさせるインテリアは、古い家に相応《ふさわ》しかった。

「おじさん…」

その部屋の左手にあるドアを開けると、そこは食堂らしく、六人がかけられる長いテーブルがあり、庭に面したサンルームへ繋がっている。そちらには雨戸がないようで、外から微かに明かりが入っていた。

佑も、家の住人であるはずの雨燕の姿もなく、哲はドアを開けて廊下へ出る。左に行けば玄関だが…。

「……」

もう少し見て回るか。それとも諦めて帰るか。無断で立ち入っているわけだし、これ以上、探索するのも気が引ける。雨燕が許してくれなければ、犯罪紛いの行為だ。

やはり帰ろう。暗い廊下で息を吐き、玄関へ向かおうとした哲は、どこからかの話し声を耳にした。

「……」

佑の声かどうかはわからないが、誰かがどこかで話している。帰りかけていた足を止め、廊下を反対方向へ進む。わずかな音を頼りに進んだ先にあったドアを押し開けると、半畳ほどの板の間があり、右手に地下へ続く階段があった。

「…!」

声は階段の先から聞こえていて、息を呑んだ哲は人がいると確信し、階段を下りていった。天井から下がった電灯が、オレンジ色の光で階段を照らしている。電気が点《とも》っていることからも、この先に人がいるのは間違いない。

階段を下り切った先には焦げ茶色のドアがあった。その向こうから聞こえる話し声が佑のものだとわかると、哲はほっとした。

よかったと安堵し、哲は「おじさん!」と叫んでドアを開けた。


誰かと誰かが話している。ぼんやりと聞こえていた声の片方が佑のものだとわかり、ドアを開けた哲は、そこにいた本人を見て、息が止まるほど驚愕《きようがく》した。幽霊の案内でやってきた家に、本当にいるのかと訝しみながら、不法侵入までして見つけたのだから、安堵は深くなるはずだったのに、そうはならなかった。

というのも。

「…⁉　…⁉　…お、じさ……、え…、あ……あれ…あれ…えっ……いや、…ええ⁉」

部屋の中央に置かれた大きなベッドの上に、佑はいた。一人ではなく、雨燕も一緒だった。雨燕はこの家に住んでいるという話だったから、いてもおかしくはない。

なのに、哲を大混乱に陥れたのは、二人が半裸で抱き合っていたからだ。

「ええっ…⁉」

再度叫び声を上げる哲を、佑は眇めた目で睨むように見て、忌々しげに鼻先から息を吐く。いかにも迷惑げな佑を窘《たしな》めたのは、彼の下にいる雨燕だった。

「そのような顔をするな」

「しかし…」

「あの者のお陰でこうして出られたのだ。感謝すべきだ」

「開けたのは奴ではありません」

「この手に届けてくれたのだろう？」

雨燕は微笑んでそう言い、佑の手を取る。愛《いと》おしげに引き寄せた手の甲に頬を寄せ、指先に口づけた。

薄く赤い唇が人差し指を食《は》み、爪を口に含む。雨燕の仕草は、彼が美しい分だけ色香を

放ち、同時に哲をさらなる混乱に突き落とす。

「わ…わ…あ…や…え…」

これは…まずいところに足を踏み入れてしまったのだとわかるのに、哲は引き返せなかった。雨燕と、見知らぬ相手が睦《むつ》み合っていたのであれば、すみませんと詫びて、即座に部屋を出ただろう。

しかし。雨燕と抱き合っている相手は佑だ。佑がどうして雨燕と？ 二人は元々知り合いだったのだろうか？

その上…つき合っていた？

「ええ…っ…⁉」

「うるさい。出ていけ！」

頭の中でぐるぐる考え、素っ頓狂な声を上げる哲を、佑は我慢ならない様子で怒鳴りつける。雨燕は眉間に皺を刻んでいる佑の頬に白いたおやかな手で触れ、優しく顔を撫《な》でると、首に腕をかけて耳元で囁く。

「相変わらずだな。そう荒ぶるではない」

くすくすと笑い、雨燕は絡みつくようにして抱きついた佑の身体をベッドの上へ組み敷く。佑の胴体を跨《また》いで膝立ちになった雨燕の真っ白な背中は、月夜の雪みたいに輝いて見えた。

「そこで見ているつもりならそれもいいが、少々刺激が強いかもしれぬぞ。何せ、百五十年ぶりだ」

身体を捻って哲を振り返り、笑みを浮かべる雨燕は、この世の生き物とは思えないほど艶《なま》めかしかった。哲はぞっとし、「すみません」と詫びて目を伏せた。

佑が…心配なのは確かだが、やめるつもりはなさそうな二人の情事を、見ているわけにもいかない。哲は慌てて部屋を出ると、地下室からの階段を駆け上がりながら、鳥肌の立った腕を抱えて懸命にさすっていた。

息を切らして古い家を飛び出すと、敷地の外に出て、門扉を閉めた。そこから暗がりにぼんやり見える玄関ドアを見つめ、佑はどうしてしまったのかと考える。

「おじさん……」

佑が雨燕とつき合っていたというのなら、別によかった。そうだったのかと驚きながらも納得し、邪魔して悪かったと退散した。しかし、やっぱり佑はどこかおかしかったように思える…。

幽霊は佑が開けた箱には「楊暁」が入っていたのだと言った。箱を開けた途端、人が変わったというのも当ててみせた。佑の異変が箱のせいならば…その楊暁とやらが関係しているのだろうか。

雨燕と抱き合い、忌々しげに自分を睨んだ佑は、別人のようだった。身体は確かに佑なのに…。

「どうなってんだよ…」

わけわかんねえ…と呟き、哲はふらふらと一人家路についた。

五

喉の渇きで目を覚ました佑は、意識が戻った途端、身体がものすごくだるいのに気がついた。風邪でもひいたのか。横になっているのに、身体が沈んでいきそうなほど、疲れ切っている。

「……うう…」

俺ももう歳なのか。そろそろ健康とやらを考えなきゃいけないのかもな…と嘆息して起き上がる。そして、自分が裸なのを見て、眉を顰めた。

「…!?」

いつもはスウェット素材の部屋着で寝ていて、裸でベッドに入ることはない。もしや飲みすぎて記憶を失《な》くしたのか？　それで身体がだるいのかと思ったが、昨夜は。

「…そんなに飲んだ覚えは…」

予定が飛んだので、早めに帰宅し、哲を連れて食事に行った。ビールを飲んだ程度で、深酒はしていない。

おかしいなと首を捻ったところでようやく、自分がいるのが自宅ではないのに気がついた。同時に。

「ん…」

「…!?」

隣にいた誰かが寝返りを打ち、自分の身体にもたれかかってくる。温かく、重みのある身体の持ち主は。

俯《うつぶ》せた横顔しか見えないが、伏せられた睫はとても長く、肌は白磁のように滑らかだ。鼻筋がすっと通っていて、唇は薄く、桃色珊瑚に似た上品な薄紅色をしている。正面から見たら、恐らく絶世の…美男であろう。

「……」

男も自分と同じく裸で、シチュエーション的に一晩を共にしたのだとしか考えられなかった。相手が男だというのは、佑にとっては問題ではなかったが、見知らぬ他人だというのに頭を抱える。

どんなに深酒をしても、記憶を失ったことはないし、ましてや床入りするような事態には無縁だった。どうしてこんなことに…。ここは…この男の家なのだろうか。

そもそも…これは誰なのか?

「……」

参った…と深い溜め息をついて、熟睡している男を起こさないようにそっとベッドを下りた。脱ぎ散らかしてあった服を集め、急いで身につけて部屋を出る。

自分がいたのが地下室であったのをそこで初めて知り、不思議に思いながら階段を上がった。階段の先にあった戸を開けると、夜は明けているはずなのに、真っ暗だった。電気の点し方がわからず、スマホを取り出す。

「……圏外なのか」

ライトを使おうとして電波が入っていないのに気づき、小さく舌打ちする。スマホで廊下を照らし、真っ直《ま》ぐ《す》進んでいくと、玄関に出た。三和土には自分の靴があちこちを向いた状態であり、急いでそれを履いてドアを開ける。

「……」

外は明るくて、ほっとした。敷地の外へ出てから振り返ってみると、高く聳《そび》える庭の木々に屋根を覆われた古い家の中に日が入らないのも当然だと思われた。その上、見える限りの雨戸がすべて閉められている。

廃屋と言っても差し支えないほどの家は、人が住んでいるようには見えないのだが…。

「……」

狐につままれでもしたのだろうか。関係を持ったようなのに、まったく覚えていないというのも、おかしい。ただ、身体がひどくだるい原因はわかった。恐らく、かなり激しく宅を目指した。


ことに及んだせいだろう。

どこでどうやって知り合ったのか。必死で記憶を探りながら、佑は逃げるようにして自宅を目指した。


スマホの地図アプリを頼りにせずとも、少し歩いただけで、そこが哲の通う高校の近所だというのはわかった。自宅までは歩いても二十分程度。午前中一番のアポイントメントには家に戻ってシャワーを浴びても、十分に間に合う。

哲が起きていたら、昨夜の話を聞いてみよう。帰り道、延々考えてみたものの、哲と焼肉店から帰宅したところまでしか、どうしても記憶を遡《さかのぼ》れなかった。

家に帰った後、もう一度、外出したに違いないのだが…。首を捻りながらマンションの自室に着いた佑は、玄関を入ってすぐ、部屋を飛び出してきた哲に出迎えられた。

「おじさん‼」

「わっ、びっくりした。なんだよ?」

急に大声を出すなよと、胸元を押さえて哲を見ると、その顔にはなんとも言えない表情が浮かんでいた。怒っているような、喜んでいるような、疑っているような。そんな複雑な感情を如実に表した台詞《せりふ》を、哲は口にする。

「おじさん…だよね？」

「は？」

「本当に…おじさんなんだよね？」

「何言ってんだ」

意味がわからないと首を傾げ、佑は靴を脱いで上がり、玄関ホールの先にあるドアを開けてリビングに入った。その後ろをついてきた哲は、しみじみとした口調で「よかった」と言う。

「おじさんが元に戻って」

「どういう意味だ？」

「覚えてないの？」

驚く哲をちらりと見て、佑は神妙な顔つきになってソファに腰を下ろす。自分の記憶にない…事件が起きたようだというのは、目覚めた時の状況を鑑《かんが》みても明らかなようだ。説明を請うように哲を見ると、どこから覚えていないのかと確認される。

「…焼肉食べに行って…帰ってきた辺りまでは…」

「……。箱は？」

「箱……？」

哲が窺うような調子で口にした言葉を繰り返す。そういえば…。見覚えのない高価そうな箱があり、哲のものなのかと確認した。蓋が開かないと言うので、試しに自分が開けてみたところ…。

蓋は開いた。呆気《あっけ》ないほど、簡単に。

「…蓋を…開けたんだよな？　俺が」

「そう！　そしたら、おじさん、いきなり倒れ込んで…でもすぐに起き上がって…。逆立ちしてバク転して…」

「はあ？」

「マジだって。俺、嘘言ってないから！」

眉を顰める佑に、哲は真実を話しているのだと訴える。哲は真面目な顔だったし、嘘をつく必要があるとも思えない。

しかし。自分がバク転なんて…。信じ難くて沈黙する佑に、哲が続ける。

「それから、急に出ていって…。……」

そこで話を止めた哲は、言おうか言うまいか、悩んでいる様子だった。出ていった自分を心配して、今まで家で帰りを待っていたというわけではなさそうで、佑は厳しい顔で哲を見つめて「なんだ？」と促す。

哲はしばらく迷っていたが、意を決したように口を開く。

「昨夜…話しかけたんだけど…、俺、幽霊が見えるんだよ」

「……」

「それで…昨日の朝、学校に行く途中で通りかかった人に取り憑いてた幽霊が、俺にひっついて学校まで来ちゃったんだ。その幽霊に頼まれて、ある人に会いに行ったら…朝に会った、幽霊に取り憑かれていた人で…、その人からあの箱の蓋を開けてくれって言われて」

哲の話はすぐに理解できないもので、佑は眉間に皺を刻んで、「箱」と再び繰り返す。そういえば…どこにいったのだろうと考えて、何気なくズボンのポケットを探ると、硬い膨らみに指先が当たる。

ポケットに入れたままだったのかと思い、それを取り出した。

「…これか」

「うわっ‼」

哲に見せようとして箱を掌に載せて差し出すと、大きな声を上げて飛び上がる。哲は怯えた顔つきで、佑を指さして叫んだ。

「お、お、おじさん…！」

「どうした？」

「よ、横、横に…」

「横？」

哲に言われて、佑は左右をきょろきょろと見回すが、何もない。だが、厭な感じはした。生ぬるい空気が溜まっているような、澱《よど》んだ気配がする。

佑は哲のように「見える」わけではないものの、なんとなくその気配を察せられる。ただ、そういうものの存在を認めたくなくて、自分には決して見えないはずだと信じ込ませてきた。

厭な気配を感じたりするのは気のせいだ。大人になってからは、その能力に助けられることもあったのだが、偶然だと思うようにしていた。

しかし。

「……」

今は違う。昨夜からの異変は、何かしらそういう類のものが関係しているとしか思えない。廃屋の如き家で目覚めた時、隣にいたあの男は…。

まさか、あれも幽霊だった…？　ぞっとしつつ、佑は空気の澱みを切るように、腕を思い切り振った。

「ふんっ！」

不可解な状況に対する苛立ちも込めての行動は、思わぬ結果をもたらした。空を切ったはずの腕の、肘辺りがつんと何かに当たったった。

同時に。

「何をする⁉」

「わあっ！」

自分のすぐ横に、突然男が現れ、佑はらしからぬ情けない声を上げて飛び上がる。咄嗟に哲の背後へ隠れ、「なんだ、こいつは⁉」と聞いた。

「俺が聞きたいよ！　ていうか、おじさん、見えてんの？」

「なんか、急に見えたんだよ！　なんだよ、こいつ。どこから入ってきたんだ？」

「わかんねえ。さっき、おじさんの横に突然出た」

「うわーなんでだよ？　俺は幽霊とか、見えないはずだぞ？」

「自ら触れたからであろう」

動揺して騒ぐ佑と哲を冷めた目で見て、横柄な口調で言うのは、鋭い光を放つ目と高い鼻梁《びりよう》を持った、凜々《りり》しさに溢《あふ》れる顔立ちをした男だった。長い黒髪を結い、背中に垂らしている。服装は時代がかった大陸のもので、哲には見覚えがあるものだった。

「あ…」

「なんだ？　知り合いか？」

「いや…、昨日の幽霊も似たような格好を…」

「覚《かく》だな」

哲が呟いたのを聞き、男はきらりと目を光らせる。

「近くにはいないようだが、どこにいるか、知ってるか?」

「かくって…あの、白い髪で灼けた肌の…でっかい…」

「そうだ。間違いない。覚だ」

「あいつ、覚っていうんだ…。いや、あいつは…なんか、逃げていったよ。確か…やんしゃおがどうとか…」

「楊暁は俺だ」

それが人の名前だというのもわかっていなかった哲は、「え」と驚き、覚という名前らしい幽霊について佑に説明する。

「さっき話した幽霊のことだよ」

「箱の蓋を開けろと言った奴か?」

「違う違う。それは、覚に頼まれて会いに行った…」

「雨燕様のことだな」

新たに現れた楊暁という幽霊は、雨燕も知っている様子だった。その上。

「お前、昨夜、雨燕様のお屋敷に来ただろう?」

「‼」

「逃げ帰っていったがな」

小馬鹿にするような笑みを浮かべる楊暁の発言を聞き、哲の顔はさーっと青ざめた。哲は自信なさげな口調で…佑を横目で見ながら、推測を口にする。

「あいつが…覚が、箱には『やんしゃお』が入ってたって言ってたんだ。箱の蓋を開けたおじさんの様子がおかしくなったのも、あいつはわかってるようだった…。もしかして、蓋を開けたおじさんは、この幽霊に取り憑かれたんじゃ…」

「俺が？　こいつに？」

「だって。おじさん、本当に別人みたいだったんだよ。バク転とか、今、できる？」

「無理だ」

「それに…覚に手伝ってもらって、おじさんの居場所を捜して、木がわさわさしてる古い家に辿《たど》り着いて…」

「高校の近くのか？」

「そうそう。その家の…地下室に…おじさん、いたんだよ？　覚えてる？」

「……」

恐らく…いや、間違いなく、哲が捜し当てた家は自分が目覚めたあそこだろう。地下室というのも当たっている。

だが…。自分は真っ裸で…しかも、同じく裸の男とベッドにいたのだ。哲は…何を見たのか。哲がものすごく気まずそうな顔をしていること自体がその答えのような気がして、佑は血の気が引いていくのを感じる。

必死で言い訳を探す佑に追い打ちをかけたのは楊暁だった。

「お前の身体はなかなか使い勝手がよかったぞ。雨燕様もお喜びであった」

「…‼」

使い勝手。お喜び。そんな二言が示す事実は好ましくないもので、佑は飛びつくようにして幽霊の腕を摑み、壁際へと追い詰めた。

「お前…俺に何をした?」

「何をしたわけでもない。『借りた』だけだ」

にやりと笑って言い、楊暁は佑の手を振り払う。「借りた」という言葉から推測できた事実に、佑は頭を抱えた。

自分の記憶がないのは…哲の言った通り、この幽霊に取り憑かれて…つまり、身体を「借りられて」いたからなのだろう。なんらかの理由で箱の中に入っていた楊暁は、蓋を開けた自分に取り憑き、雨燕の元へ向かった。そして…一晩を過ごして…。

「…雨燕というのはお前の恋人なのか?」

「恋人? そんな薄っぺらな言葉で言い表せるものか。雨燕様は俺のすべてであり、身命を賭《と》してお仕えしているお方だ」

「お仕えしてる…?」

だとしたら、自分の思い違いなのか。仕えているというのなら、主従関係にあるわけで、一般的には肉体関係を持たないはずだ。しかし。

　雨燕だと思われる男は裸だったし、自分の身体にもそれらしき疲れが残っている。佑は首を捻り、再度、楊暁に確認した。

「雨燕っていうのは…あの古い家の地下室にいた…男のことだろう？」

「ああ。雨燕様のように高貴で美しい方と契《ちぎ》りを結べたことを光栄に思え」

「‼」

「かつて、雨燕様は傾城傾国の美女として知られた李《り》夫人よりも美しいと評判だったほどのお方だ。…いずれにしても、お前がそちらの面でも経験豊富なのは助かった。特に百瀬という者との…」

「うわあっ‼」

　楊暁が口にした名前に驚愕し、佑は大声を上げる。哲に知られるのはまずい。咄嗟に楊暁の口を塞ぎ、顔を近づけて小声で尋ねた。

「お前…なんで……知ってる？」

　真剣な顔つきで聞く佑に、楊暁は口を覆った彼の手をどかせと合図する。佑が渋々手を離すと、何を言ってるのかと呆れた口調で恐ろしい事実を伝えた。

「言っただろう。お前の身体を借りたと。お前の記憶にあったことならなんでも知ってるぞ」

「……」

まずい。心の底からまずい。昨夜、哲を訪ねてきた担任教師が百瀬だと知った時も焦ったが、今はその数倍焦っている。

佑はさらに声を潜め、楊暁に何も言うなと迫った。

「俺のことを勝手に話したりするな！　それに…っ…人の身体を乗っ取るような真似はやめろ！」

「そう言われてもな。俺は幽霊になってしまったから、お前の身体を借りねば雨燕様と話すことさえもできない。雨燕様はお前や…あの甥のように『見える』体質ではないのだ」

「だったら、他の奴に取り憑け」

「蓋を開けたのはお前だ。あの箱の蓋を開けてくれる人間が現れるのを俺はずっと待っていた」

「まさか…蓋を開けた人間にしか、取り憑けないのか？」

「そういうことだ」

なんてことだ！　信じたくないと頭を抱えた佑は、「おじさん？」と声をかけてきた哲を振り返る。楊暁とこそこそ話をしている叔父を、哲は心配そうに見つめていた。

佑は「大丈夫だ」と返し、再び、楊暁の方へ向き直る。わずかに後ずさり、ポケットにしまっていた箱を取り出して、楊暁の前で蓋を開けた。

蓋を開けたことで出てきたのなら、再度開けたら楊暁は中へ入るのではないか。入ったらすぐに蓋を閉めてやろうと身構えていたが、佑が期待したようにはならなかった。

箱の身と蓋それぞれを両手に持ち、自分を見つめる佑に、楊暁はやれやれとばかりに肩を竦める。

「俺をそれに入れようとしても無駄だぞ。お前じゃ無理だ」

「誰ならできるんだ?」

「百五十年前に俺を間違えて箱に閉じ込めた道士は雨燕様が処されたし、今の世にはいないと思うぞ」

「百五十年前に…って…ちょっと待て。あの、雨燕とかいう奴も…まさか幽霊なのか…?」

人間がそんなに長く生きていられるわけがない。それにベッドに俯せていた背中は、真珠のような光沢があり、瑞々《みずみず》しかった。

あれも幽霊だったのかと戦《おのの》く佑に、楊暁は口元に笑みを浮かべて首を横に振る。

「いや。雨燕様は生まれ変わっておられるから幽霊ではない」

「…何言ってるかわからない…」

理解が追いつけず、佑はすべて投げ出したくなったが、放置できる問題ではない。楊暁が箱に戻らない以上、また、身体を乗っ取られる可能性があるかもしれないのだ。

それだけはなんとかして防がなくてはいけないと悩む佑に、楊暁は余裕たっぷりに言った。

「まあ、そう難しく考えるな。なに、日が沈んでいる間だけのことだ」

「なっ…⁉　ど、どういう意味だ？」

「その身体は日が昇っている間はお前が使い、日が沈んでいる間は、俺が使う。それでいいじゃないか」

「…‼　いいわけあるか‼」

冗談じゃない！　なんとか…なんとかして、こいつを追い出さなきゃいけないのだが…。

幽霊を追い出す方法などまったく思いつかず、その内に仕事の時間が迫ってきて、佑は哲に学校へ行くよう促した。

「俺も仕事に行く。今日も早めに帰るから、戻ったら相談させてくれ」

「わかったけど…おじさん、それを連れて仕事に？」

佑の傍には楊暁がついている。佑は渋面で頷き、他の人間には見えないのなら、大丈夫だと言い切った。幽霊が取り憑いたからといって、仕事を休むわけにはいかない。無視するしかないと腹をくくり、急いで支度をし、家を出た。

学校へ行く哲と別れ、駅へ向かって歩き始めてすぐ、楊暁の声がした。

「よいのか。百瀬は哲の学校にいるのだろう？　会いに行かずとも」

「…お前、どこまで知ってんだよ？」

「かつての恋人だった百瀬が哲の担任だと知って、驚いていたではないか。昨日、十年振りに再会したのだろう？」

「……」

全部知られているのかと嘆息し、佑は項垂《うなだ》れる。ほっとけと吐き捨てながらも、哲には絶対言うなと楊暁に釘を刺した。

「あいつは何も知らないんだから、余計なこと言うなよ」

「知られてはまずいのか？」

「とにかく、俺のことは一切話すな。それと！　仕事中も絶対、話しかけるなよ。さもないと…」

「さもないと？」

どうする気だ？　と繰り返す楊暁に叩きつける脅し文句はなく、佑は途方に暮れる。弱みも弱点もない相手をコントロールする術《すべ》はない。

「まあ、そう頑《かたく》なになるな。これも縁と考えて、協力し合おうではないか」

「協力させられてるのは俺だけだろ？」

「だったら、俺は百瀬とお前を復縁させてやろう」

「‼」

恩着せがましくとんでもないことを言い出した楊暁に、佑は咄嗟に摑みかかった。絶対にやめろと凶相で凄《すご》んだものの。

「…！」

何やら気配を感じて、周囲を見れば、駅へ向かおうとしている通行人が、恐ろしげに自分を遠巻きにしているのがわかった。楊暁の姿は自分以外に見えていない。朝から宙を摑んで怒鳴っている男に関わり合いたくないと思うのは当然だ。

佑は慌てて楊暁を離し、駅へ向かう足を速める。公共の場では話さないようにしなくてはならない。何を言われても反応しないようにしなければ…。

「別れてから長い間、後悔していたではないか。十年経った今でも、時折思い出していたくせに」

「……」

「だから、百瀬の顔を久しぶりに見られて、嬉しかったのだろう？　百瀬が会いに来たのは、まだお前に気があるからだ。そうは思わぬか」

「……」

「百瀬にその気がなければ、わざわざ会いに来たりはしないはずだ。お前だってもしかしたらと思っているのではないか？　ここはひとつ、百瀬の気持ちを確かめてみたらどうだ？　おい、聞いてるのか？」

「……」

満員の地下鉄車内で、他の乗客の間に透けて見える楊暁が口うるさく言ってくるのに閉口し、佑は心底からこの状況をなんとかしなくてはならないと憂え、頭を悩ませた。

六

百瀬正恭《まさやす》が朝永佑と出会ったのは十年ほど前のことだ。大学卒業後、高校の国語教師となった彼は、賄いつきの下宿先を出て、職場近くにアパートを借りた。しかし、引っ越して間もなく、隣人トラブルに遭遇した。

深夜でも明け方でも構わずに大音量で音楽を鳴らし、ゴミを共用スペースに放置する。帰宅管理会社に頼んで注意してもらっても一向に効かず、挙げ句、厭がらせが始まった。帰宅したのを見計らうように騒音を立てられるようになり、心身共に疲弊してしまった。

違約金や引っ越し代、新しい物件の諸経費など結構な金額がかかるのはわかっていたが、引っ越そうと決めた。このままでは身体を壊す。意を決して訪ねた不動産会社で、担当となったのが、佑だった。

「担当させていただく朝永です。どういった物件をご希望ですか？」

POSTCARD

STAMP HERE

101-8405

東京都千代田区
神田三崎町2-18-11

二見書房
シャレード文庫愛読者 係

通販ご希望の方は、書籍リストをお送りしますのでお手数をおかけしてしまい恐縮ではございますが、**03-3515-2311までお電話くださいませ。**

<ご住所> □□□-□□□□

<お名前> 様

*誤送を防止するためアパート・マンション名は詳しくご記入ください。
*これより下は発送の際には使用しません。

TEL	職業／学年
年齢　代	お買い上げ書店

Charade愛読者アンケート

この本を何でお知りになりましたか？

1. 店頭　2. WEB（　　　　　　）　3. その他（　　　　　　　　　　　）

この本をお買い上げになった理由を教えてください（複数回答可）。

1. 作家が好きだから（小説家・イラストレーター・漫画家）

2. カバーが気に入ったから　3. 内容紹介を見て

4. その他（　　　　　　　　　　　　　　　　　　　　）

読みたいジャンルやカップリングはありますか？

最近読んで面白かったBL作品と作家名、その理由を教えてください（他社作品可）。

お読みいただいたご感想、またはご意見、ご要望をお聞かせください。

作品タイトル：

ご協力ありがとうございました。

お送りいただいたご感想がメルマガに掲載となった場合、オリジナルグッズをプレゼントいたします。

「家賃は…七万くらいで、特に希望はないんですが、環境のいいところを…」

「というと…陽当《ひあ》たりとか」

「いえ。…実は、今住んでるところが…隣の人の騒音で困ってまして。それで引っ越すので」

慎重になっているのだと伝えた百瀬に、佑は神妙な顔つきで「大変ですね」と同情した。

「では、すぐに入居できる物件がいいですよね。…場所は職場の……高校の先生なんですか？」

記入した申込書を見て、確認する佑に百瀬は頷いた。驚かれているように感じたが、童顔で教師に見えないと言われることが多かったので、さほど気にしなかった。今、住んでいるところは学校まで歩いていけて便利なので、できれば同じくらいの距離がいいと、希望を伝える。

「…わかりました。ご希望の金額も考慮して、物件をいくつかピックアップしますので、今から内見されませんか」

「お願いします」

佑は態度も物言いも、とても落ち着いていて、スマートだった。同乗した車の運転もうまくて、短い間に佑が担当でよかったと嬉しく思えていた。

「こちらが一軒目になります。部屋は二階ですね。出入りはオートロックになってまして

「…どうぞ」

「ありがとうございます」

説明しながらオートロックを開け、扉を押さえて、百瀬を先に中へ通す。一つ一つの仕草が丁寧で、客以上の扱いを受けているような錯覚に陥りそうだった。

佑が雰囲気のあるイケメンだったせいもある。華やかではないが、すっとした細面に、涼しげな目元が印象的な顔立ちだ。背は高く、無駄な肉のない身体に、シンプルなスーツがよく似合う。

「八階までありますが、エレヴェーターが一基しかないので、出勤時間帯は待ち時間が出るかと思います。それでも二階ですから。階段を使っても知れているかと」

「そうですね」

「…こちらです」

二階の廊下に出ると、角部屋となる物件へ案内された。コの字型の外廊下を進み、該当物件の前で立ち止まった佑は鍵を取り出す。玄関のドアを開けて百瀬を通すと、自らも中へ入って扉を閉める。

1Kの物件であるから、玄関も狭い。男二人が立てば足下が見えなくなるほどで、少し動いただけでも触れてしまいそうな距離感に、百瀬は戸惑った。

その上。

「ここだけの話ですが、お隣にはうちで紹介した方が入居されてまして、物静かな方なので、騒音などの心配はありません」

「……」

そっと耳打ちされ、心臓がどくんと鳴る。低く抑えられた、大人の声。仄《ほの》かに香るコロン。わずかに感じられる人の温かみ。

佑が好意で教えてくれた情報に、相槌も打てず、息を詰める。佑の声や…息に、抑え難い、一方的な気持ちを抱いてしまった自分が恥ずかしくなる。

「…っ…」

顔が急速に赤くなるのが、自分でもわかった。悪い癖で、直したいと思っているのに、どうにもならない。辛うじて顔を俯かせ、息を呑む。

「…？　どうかしましたか？」

「い…いえ、なんでも…」

ありません…と答え、急いで靴を脱いで部屋へ上がり、佑と距離を取った。部屋の中を見ている振りをして、背後で説明する佑の声を意識しないよう、必死になる。

「ベランダから見えるのは…まあ、向かいのマンションなので、景色としてはよくないんですが、在宅してる時はカーテンを閉めていただければ…昼間はお仕事ですよね」

「は…い」

「料理とかは…」

「あまり…しないです」

「なら、IHの一口コンロでも十分ですね。ただ、ここ、バストイレが一緒なんです。別の方がいいですか？」

「できれば…」

話しかけてくる佑にようよう答えながらも、その内容はほぼ頭に入っていなかった。動《どう》悸《き》は収まらず、頬も熱いままだ。

百瀬が初めて同性を意識したのは、高校生の時だった。元々異性に興味がなく、その時、自分の性的指向を理解した。大学の時に一度、想《おも》いを叶えたことがあるが、残念ながら長続きしなかった。

その後、気になる相手もなく、惚《ほ》れっぽい方でもなかったので、淡々と暮らしてきた。取り立てて恋人が欲しいとも思ったことはなかった。まだ勤め始めて間もなかったし、住まいのトラブルに参っていたせいもあって、正直、それどころではなかった。

なのに。

「じゃ、取り敢えず、二軒目へ向かいましょう。ここから五分ほどですから」

「お願いします…」

佑を意識してしまうのをやめられないまま、提案された三つの物件を回った。その間、百瀬はずっと夢現《ゆめうつつ》のような状態で、ろくに部屋を見ていなかった。だから、不動産会社の店舗へ戻っても、新居を決められなかった。

「すみません…。せっかく、紹介してもらったのに…」

「いえ、こちらこそこれと決められる物件をご紹介できずにすみませんでした。慎重になられるのはよくわかります。自分たちもできるだけ、お客様に快適に暮らしていただける物件をと思い、気をつけているんですが、住んでみないとわからないことって、本当にあるので…」

「すみません…」

心から申し訳なく思って佑に何度も詫び、百瀬は不動産会社を後にした。帰り際、佑は新たな物件を探しておくので、また来てくださいと声をかけた。

それがセールストークであったとしても、百瀬は嬉しかった。もう一度佑に会えるチャンスがあると思うだけで、忙しい仕事も、過酷な住環境にも耐えられた。

翌週。再び佑が勤める不動産会社を訪れると、彼は他の客の応対をしていたが、別の社員にそちらを任せて百瀬の元へやってきた。

「お待ちしてました。来てくださってよかったです。事情がおありだと聞いていたので、別の会社を当たられたかと思い、こちらからお電話差し上げるのを遠慮してたんです」

「そんなことは…お世話になりましたから…」

　本当は迷惑に思われたりしないだろうかという不安もあり、店の前で躊躇《ちゅうちょ》したりもしていたから、佑が歓迎してくれたのが嬉しかった。佑は約束した通り、百瀬に合いそうな物件を選んでおいたと言い、再び案内した。

　仕事とはいえ、佑が自分のために動いてくれるのが嬉しくて、その日も百瀬は上の空だった。物件よりも、佑の一挙手一投足が気になって、情報が頭に入らない。結局、またしても部屋を決められず、店を出ることになった。

「本当にすみません…」

　佑に悪いから、いっそ、適当に決めてしまおうかとも思ったのだが、また失敗するのは困る。さすがに腹を立てているだろうと心配になったものの、佑は気にしていないようだった。

「そんな、謝らないでください。もっと時間をかけて選ばれるお客様もいますから。自分もまた探してみます。よさそうな物件があったら、連絡してもいいですか?」

「え…あ、はい。もちろん…!」

「携帯の番号は伺ってますから、そちらへ」

　にっこり笑って、電話しますと約束する佑に、百瀬は何度も頷いてお願いしますと頼んだ。佑から電話がかかってくるかもしれない。そんな希望は百瀬の日々を明るくした。

　勤務中は携帯を見ることはできないので、昼休みに確認し、終業後は風呂に入る時も携帯を離さなかった。けれど、佑からの連絡はなく、金曜になってしまった。

週末。また店へ行ったりしたら、迷惑だろうか。変に思われるだろうか。先週も、内見中に佑と近づいた際、顔が赤くなってしまったが、気づかれなかっただろうか。

物件を案内されながら交わした雑談の中で、佑の個人的な情報がいくつか知れた。歳は自分より三つ上。結婚はしていない。今の会社は勤めて一年くらい。その前は接客業に就いていた。

佑から聞いた一言一言を思い出し、頭の中で、彼の声を再生する。それだけでしあわせで…厭なことが忘れられた。

やっぱり、また会いたい。三度目の正直で、物件を決めようと思う。そんな言い訳を考えながら、仕事を終えた金曜。学校を出ようとした時、携帯が鳴った。

「……」

すでに週末に訪ねようと決めていた百瀬は、佑からだとは思わず、電話に出た。知らない番号を不審に思い、「はい？」と窺うように応対した百瀬は、「アーバンホームの朝永です」と聞き仰天した。

毎日、脳内でリピートしていた声がリアルに流れてきて、心臓が止まりそうになる。

「あ…は、はいっ……！」

『すみません。まだお仕事中ですか？』

「い、いいえ、いいえっ！　今、職場を出たところで…」

『よかった。あの、百瀬さんに気に入っていただけそうな物件が出たので、よろしければ、今から内見されませんか？』

思いがけない誘いに、百瀬は狂喜し、すぐに行くと伝えた。佑は出先にいるので、物件で待ち合わせしたいと言う。

百瀬はメールしてもらった住所を頼りに、内見先のマンションを探した。少し迷ったもののの、なんとか見つけることができて、建物の前から着歴にあった番号に電話をかける。佑はすぐに出て、部屋の中にいると言った。

「…三階の…３０５号室ですね。わかりました」

オートロックの物件ではないので、上がってきてくれと言われ、部屋番号を確認する。学校からもほど近く、周囲は住宅街で、建物内も清潔で静かだった。エレヴェーターで三階へ上がり、３０５という部屋番号を探す。

エントランスからはわからなかったが、細長い造りのマンションで、Ｌの字型をしており、３０５号室はエレヴェーターから一番離れた場所にあった。構造上、角部屋に当たるその部屋に隣接する居室はない。

隣人の騒音に悩んで引っ越しを決めた自分のことを思って、佑はこの物件を勧めてくれようとしているのだろう。佑の気遣いが嬉しくて、急いでドアを開けた。

「…すみません。お待たせしました」

玄関先から声をかけ、部屋の奥を覗き込む。佑の返事はなく、百瀬は不思議に思いながら靴を脱いだ。

「朝永さん…？」

佑は部屋の中にいるはずなのに。呼びかけて、部屋へ続くと思われるドアを開けると、その延長上にあるベランダに人影があった。

「……」

背丈窓を開け放し、佑はベランダの手すりに腕をかけて外を眺めていた。ドアが閉まっていたせいで、自分の声が聞こえなかったのかもしれない。

百瀬は佑の背中を見つめたまま、近づいていく。窓際まで辿り着いた時、佑が気配に気づき振り返った。

「…あ、百瀬さん。すみません、気づかずに」

「……」

笑って謝る佑と目が合うと、百瀬は頬が熱くなるのを感じた。まずい。頬だけでなく、顔が真っ赤になっていくのがわかり、慌てて俯く。

せめてもの幸いは、暗くなりかけた夜の始めで、部屋の照明が点っていなかったことだった。佑には顔色の変化は見えていないはずだ。そう信じ、息を吸う。

呼吸を整え、顔を上げて、室内に入ってきた佑を見る。よさそうな物件を探してもらった礼を言おうとした百瀬は、目に映った佑の表情に戸惑いを覚えて言葉を失った。

「……」

佑が「どうですか？」と聞いてくる前に、お礼をと思ったのに。その顔からさっき見た笑みは消えている。

それまで見た覚えのない顔つきをした佑は、怯えを滲ませる百瀬の腕を摑み、壁に押しつけた。

「っ…」

まさか、佑にキスされると思っていなかった百瀬は、完全に油断していた。唇を塞がれ、口内に舌が入ってきても、何が起きているのか理解できず、されるがままだった。

淡い思いを伝えるようなキスじゃない。激しい口づけは、百瀬の混乱を深くしたが、身体は素直だった。顔を思い浮かべ、声を再生するだけで、しあわせを感じられた相手から口づけられているのだ。

震える手を伸ばし、佑の腕を握る。心許なくて縋《すが》る百瀬の手を摑み、佑はきつく指を組み合わせる。

その間にも激しい口づけは続き、次第に百瀬も応《こた》え始めていた。佑の唇を求め、刺激を望んで口を開く。

「っ……ん……っ」

本当に佑とキスしているのか。夢でも見てるんじゃないか。そう疑う気持ちと、夢であってもこんなに嬉しいことはないという気持ちが入り乱れる。

触れられそうな距離にいるだけでも、頬が熱くなった。それなのに。

「…ふ……っ…ん…」

佑とこんなキスをしてるなんて。唇から受け取れる物理的な快楽だけじゃなく、昂揚《こうよう》する心が、欲望を燃やす。

下衣の中で、自分自身が硬くなってしまっているのに、百瀬は佑の手によって気づかされた。

「っ…」

淫らに口づけられたからといって、キスだけで昂《たか》ぶってしまったのに、羞恥を覚える。息を呑み、唇を離そうとしたが、佑は許してくれなかった。

その上、ベルトを外される気配を察し、慌てて佑の手首を掴む。

「…ん…っ」

そんな…と焦りながらも、佑の手を引き離すことはできなかった。触れて欲しいと望む心が、わずかばかりの抵抗を押しのける。下衣の中に入ってきた佑の指先が、形を変えたものを確かめるように触れる。

誰かに触られるのは久しぶりだ。相手が佑だと思うだけで、身体の奥が疼《うず》く。浅ましい態度を表に出さないよう、自分を戒めながら、下衣を脱がせる佑の手に協力した。

佑がゲイだとは思っていなかった。ただ、すごくもてるだろうとは思っていた。顔も声も、ちょっとした仕草や、雰囲気も。佑にはもてない要素がなかった。

自分には遠い存在で、客として知り合えただけで、奇跡だと思った。客であるのに甘えて…でも、甘えすぎて嫌われるのは辛《つら》いから、あと一度だけ会ったら、もうやめようと考えていた。

「あっ…だ…め」

キスが解かれ、ほっと息を吐く間もなく、屈んだ佑に自分自身を含まれた。咄嗟に声を上げて制しようとしたが、脚を摑まれて動けなくなる。それに、いけないと慌てる理性よりも、佑からの行為を喜ぶ気持ちの方が、ずっと大きかった。

佑に愛撫《あいぶ》されているという事実だけで、硬さが増す。しかも、佑の口淫は巧く、はしたなく腰を揺らめかせることを、必死で耐えなくてはいけないほどだった。

濡れた口内で這《は》う舌。唇が立てるいやらしい音。先端を吸い上げる唇。それらを行っているのが佑だというのが信じられなかった。

「っ…あ……やっ…」

細く開いた口から漏れる声が、陰りゆく部屋に響く。家具の一つもない部屋だから、わ

ずかな声も反響して、耳に跳ね返ってきた。

自分が発したとは思い難い甘い声が恥ずかしくて、唇を噛《か》む。堪えようとするのに、佑の唇と指から与えられる快楽に翻弄《ほんろう》される。

「…は…っ…あ」

欲望を秘したものが破裂しそうになっている。佑の顔面近くで達してしまう真似だけは避けたくて、屈み込もうとするのに、脚を曲げさせてもらえない。

「も…っ…むり……」

掠《かす》れた声で訴え、百瀬は佑の頭に触れる。髪に指を埋めると佑が顔を上げた。目が合った瞬間、堰《せき》が切れる。びくっと小さく身体を震わせた百瀬は、慌てて佑を押しのけ、自分のものを両手で摑んで壁伝いにずるずると崩れ落ちた。

達した先から溢れ出る液で、手が濡れている。そのまま残滓《ざんし》を抜くように自分で扱《しご》く百瀬の顔を摑んだ佑は、深く口づけた。

「っ…ふ…」

荒い呼吸を佑の唇に吸い尽くされる。口づけに夢中で、百瀬は状況を忘れて、ぬるついた自分のものを扱き続けていた。

達したはずのものから、際限なく液が溢れる。会いたいと毎日願っていた相手とのキスと自慰は、百瀬に理性を忘れさせた。

それでも、終わりは来る。手の動きが鈍くなるのを見て、佑の唇は百瀬から離れた。呆《ぼう》然《ぜん》とした百瀬の瞳には涙が溢れていて、佑は低い声で「ごめん」と詫びた。

「は…っ…」

百瀬は息を吐き、俯かせた頭を緩く振る。謝らないで欲しい。謝って、なかったことにしないで欲しい。

そんな気持ちを伝えられず、顔も上げられない。佑が動き、自分の横に座ると、百瀬はやっとのことで声を絞り出した。

「ど…う、して…」

厭じゃなかった。それどころか、夢のように思えて、恍惚《こうこつ》となった。それでも、嵐が去ってしまうと、疑問が生まれる。どうしてと理由を聞いた百瀬に、佑は少し間を置いて正直に答えた。

「…可愛かったから」

「……」

佑の答えは百瀬が想像もしなかったもので、思わず、涙が溢れた。可愛かったから。会いたくてたまらなかった人から、そんな言葉を向けてもらえるなんて。

佑と初めてキスをした部屋に百瀬は引っ越して、暮らし始めた。佑は足繁く通ってくるようになり、しあわせな日々が続いた。けれど、甘い時間は長続きせず、半年ほどで佑から別れを切り出された。

そんな予兆はまったくなかったので、どうしてなのかわからず、混乱している間に、佑は勤めを辞め、住んでいたアパートも引き払って、姿を消してしまった。携帯に電話しようかと思ったが、迷惑がられるのが怖くてできなかった。意を決して電話した時には、繋がらなくなっていた。

部屋を探すために訪れた不動産会社で、担当者に恋をして、想いが叶うなんて、夢みたいだ。佑とつき合っている間、百瀬は何度も信じられない気持ちを抱いた。佑がいなくなった後は、やっぱり夢だったのだと、自分に言い聞かせた。

一年が経ち、二年が経ち…なんでもない記憶は次第に薄れていくのに、佑との思い出だけが色濃く残っているのが辛かった。ふいに思い出しては泣きそうになるのを堪え、会いたいという気持ちを耐えた。

新しい恋に出会えたらと思ったりもしたが、佑以上に好きになれる相手は現れなかった。以上でなくてもいい。わずかでもいいなと思えれば、その気持ちを育てることもできた。けれど、佑に恋した気持ちが強すぎて、他の誰も目に入らなかった。

元々、惚れっぽい方ではない。自分から会いたいと…恋しいと思える相手など、もう見つけられないだろう。佑との思い出を抱えて、このまま生きていくのだ。

そう諦観していた百瀬は、八月の終わりに二学期から転入することになった生徒に関する書類を見て驚いた。事故で両親を亡くし、他県から転入することになった中江哲という男子生徒の保護者として、佑の名前が書かれていた。

朝永佑という名はそうあるものではない。同姓同名の別人だとは思えなかった。中江哲との間柄は叔父と書かれていた。佑には甥が一人いるはずだった。

生憎《あいにく》、中江哲が保護者と揃《そろ》って学校へ挨拶に来た時、百瀬は出張に出ていた。もしも、佑と突然会っていたら取り乱したかもしれないから、幸いだった。会わなくて正解だ。そう思いながらも、本当に佑なのか、確かめたくてしようがなかった。

佑の方は、甥の担任が自分だと知ったのだろうか。自分の名前や、高校教師だったことを、覚えてくれているだろうか。

会いたいと…わずかでも、思ってくれたりしないだろうか。

佑本人だと確定したわけじゃないのに、一目だけでも顔が見たくて、中江哲の様子を気にかけていた百瀬に、ある日チャンスが巡ってきた。体調を崩した中江哲が保健室へ行ったのを口実に、家庭訪問しようと決めた。

中江哲の自宅…つまり、佑の自宅は高校から徒歩圏内にあったので、「気になったので帰りに寄ってみた」という口実をあらかじめ用意して、書類にあった住所を訪ねた。佑と会えるとは限らない…会えない可能性の方が高いと思いながら、赴いたマンションは、かつて佑が暮らしていたアパートとは雲泥の差の高級物件で驚いた。

同時に、別れてからの年数を思う。十年という歳月はお互いを変えたに違いない。会いたいという気持ちに迷いが生じた。それでも、帰ったりしたら後悔する気がして、思い切ってインターフォンを押した。

久しぶりに会えた佑は変わっていなくて…それどころか、ぐんと格好よくなっていて、百瀬は狼狽《うろた》える自分を必死で隠した。昔もよく似合っていたけれど、三段階は高価そうなスーツをぱりっと着こなした姿は、眩しくさえあった。

自分を忘れていない様子だったが、甥の手前か、他人行儀な挨拶をされた。当然だ。迷惑そうに無視されなかっただけでもよかった。そう思いながらも、ショックを隠せず、用を思い出したと言い訳して逃げ出した。

顔が見られてよかった。元気そうでよかった。何度も繰り返し、気持ちを落ち着かせようとしても、心は千々に乱れたままだった。自分が望むような再会になるはずがないと…

そんな可能性は九十九パーセントないと諦めていたのに、期待していたのだと痛感させられた。

眠れない夜を明かし、翌日、出勤した百瀬は、中江哲に会ったら何を言おうと悩んだ。昨日は突然訪ねてすまなかったと、体調はよくなったかと、それだけ聞こう。佑のことには触れてはいけない。

そう決めて、受け持ちのクラスへ向かうと、中江哲の様子は明らかにおかしかった。難しい顔つきで考え込んでおり、まさか、佑から事情を聞いたのかと焦った。

それで嫌悪感を抱いたとか…？　しかし、中江哲は自分を一切見ていない。気になったが、声をかけるタイミングが取れないまま、朝のＳＨＲ《ショートホームルーム》は終わってしまった。その後も授業や他の業務で忙しく、あっという間に放課後となった。

中江哲は部活に所属しておらず、授業が終わると帰宅する。最終授業の六限が終わってすぐ教室を覗いたが、すでに中江哲の姿はなかった。

話せなかったのを残念に思いつつ、職員室へ戻ろうとした百瀬は、その途中、校門へ向かう中江哲を見つけた。急いで職員用の玄関へ向かい、靴に履き替え、後を追う。懸命に走ったお陰で、門を出てすぐのところで立ち止まっていた彼に追いついた。

「中江くん…！」

百瀬の声に反応して中江哲が振り返る。その顔つきは硬く、緊張してるような雰囲気が感じられた。自分が原因かと、百瀬は一瞬身構えたが、すぐに違うとわかった。

中江哲の陰に隠れて見えなかったが、彼の向こうに人がいた。生徒ではない。黒いシャツに黒いズボン、黒い靴。黒ずくめの…絶世の美男だった。

「……」

高校生の知り合いとは思えない異端の存在に、百瀬は困惑する。誰なのだろう。特に中江哲はまだ東京に来たばかりで、校内にも友達は少ないはずだ。たまたま声をかけられた？　しかし、中江哲が表情を強張《こわば》らせているのが気になる。

どうかしたのかと百瀬が聞く前に、中江哲ははっと息を呑み、表情を変えた。

「先生？　何か用でも？」

「いや…、その」

「用はない？　じゃ、俺、帰りますんで。また明日」

失礼します…と口早に言い、中江哲は黒衣の男を「行きましょう」と促す。男は百瀬をちらりと見て、美しい珊瑚色の唇を微かに歪めて笑った。小さな仕草でも見惚れてしまいそうな美しさだ。一介の高校生には不似合いな男と連れ立って、中江哲は逃げるように百瀬から離れていく。

遠ざかる二人を見送りながら、百瀬は言いようのない不安な気持ちに襲われていた。

七

楊暁と一緒に仕事へ向かう佑を心配しながらも、マンションの前で別れて、哲は学校を目指した。まさかあの箱から幽霊が出てきて、佑に取り憑いてしまうとは。

「マジ…あり得ねえ…」

あの覚という名前らしい幽霊をなんとかしたかっただけなのに、佑にこんな形で迷惑をかけるとは思ってもいなかった。何気なく箱を開けてみてくれと言ったものの、開くはずがないと期待していなかった。

それに…蓋を開けた人間に幽霊が取り憑くなんて。…いや、あれは取り憑くなんてものじゃない。

「完全に乗っ取られてたよな…」

昨夜、佑が豹変《ひょうへん》して飛び出していったのは、箱から出てきた幽霊…楊暁に身体を支配されていたからだったとは。しかも、佑はまったく記憶がないらしい。

あの家で雨燕と抱き合っていたのも…覚えていないようで。

「…こわい……」

自分でなくてよかったとほっとして、すぐに反省する。佑を巻き込んでしまったのは自分だ。何か解決策を考えなきゃいけないと頭を悩ませていた哲は、学校に着いてからも心ここにあらずの状態で、前の日に百瀬が心配して訪ねてきたことも、すっかり忘れていた。

放課後になると、哲は覚に連れていかれた雨燕の店へ行ってみようと決心した。三人…と言っていいのかもわからないが…がどういう関係で、どんな事情があるのか、聞けそうなのは雨燕だけだ。楊暁は佑に取り憑いているし、覚はいなくなってしまった。

授業が終わると早々に校舎を出た佑は、校門を出たところで、想定外の事態に遭遇した。

雨燕が待っていたのである。

「…‼」

高校の前で腕組みして仁王立ちする雨燕は、異常に目立っていた。下校する生徒たちが一様に珍獣を見つけたかのような不躾《ぶしつけ》な視線を浴びせている。哲は「ひっ」と息を呑み、思わずUターンしかけたが、先に見つかってしまった。

「待っていたぞ」

「……」

雨燕の知り合いだと他の生徒にばれるのは厭だったが、無視もできない。どうせ会いに行こうとしていた相手でもある。小さく息を吐き、雨燕の方へ近づきかけた哲は、背後から呼び止められた。

「中江くん…！」

「‼」

百瀬の声だとわかり、反射的に振り返る。百瀬は訝しげに雨燕を見ており、まずいと思った。雨燕はどこからどう見たって、あらゆる意味でまともじゃない。どういう関係なのか聞かれたら答えられない。

哲は先手を打つために、口早に百瀬に尋ねた。

「先生？　何か用でも？」

「いや…、その」

「用はない？　じゃ、俺、帰りますんで。また明日」

失礼しますと一方的に会話を打ち切り、雨燕に「行きましょう」と促す。雨燕は興味深げに百瀬を一瞥《いちべつ》してから、哲と連れ立って歩き始めた。

「あれは？」

「担任です」

「いいのか？　君に用が…」

「それより。どうしてここに？」

百瀬が追いかけてきた理由も気になるが、雨燕が学校に現れた理由の方が重要だった。

真剣な顔つきで聞く哲に、雨燕は微笑んで詫びる。

「昨夜は追い返してすまなかったな。まだ君には刺激が強いかと」

「……。それより…俺も聞きたいことがあって、お店に行こうと思ってたんです」

「私も君の叔父はどこにいるか、聞きに来た」

雨燕が佑の居場所を知りたいのは、楊暁が一緒にいるのを知っているからか。哲は神妙な顔つきで、楊暁の名前を出す。

「おじさんじゃなくて、楊暁って幽霊を捜してるんじゃゃ？」

「やはり一緒なのか。案内してくれ。間もなく日没だ」

「日没って…どういう関係が…」

「日が沈めば楊暁は君の叔父の身体に入るはずだ。あいつは意外と方向音痴でな。昨夜のように近くにいるならともかく、遠くにいるなら私を捜して余計な騒ぎを起こしかねない」

「……」

雨燕はなんでもないことのように、さらりと「身体に入る」と話したが、哲は昨夜のことを思い出してぞっとした。蓋を開けた途端、佑はぴょんぴょん跳ねてバク転したのだ。

仕事中にそんな真似をしたら…。

「やば…！」

佑の仕事はマンションの販売営業だ。大切な商談中とかで、がらりと人が変わったりしたらトラブルになりかねない。

哲は青い顔でスマホを取り出し、佑に電話をかけた。出ないかもといった心配は杞憂《きゆう》に終わり、間もなく佑の声が聞こえる。

『…どうした？』

「…おじさんっ…？　今、どこ？」

『どこって…会社だが…』

「あの幽霊って、まだ傍にいる？」

佑は声を潜めて「ああ」と答える。うんざりしてる様子が電話越しにも伝わってくる。哲が雨燕から聞いた話を伝えると、同じ調子で「知ってる」と答えた。

『とにかく、仕事を早めに終えて戻るから』

会議中なんだ…と言い、佑は通話を切ってしまう。会議と聞いてはかけ直すこともできず、哲は途方に暮れた。佑は知ってると言っていたが…。

「日が沈んだらっていうのはわかってるみたいでしたけど…」

「暗くなるまで大丈夫と勘違いしてるのではないか。今日の日没は十七時二十七分だ。あと三十分くらいだぞ」

六限まで授業のある日だったので、哲が学校を出たのは十六時半過ぎだった。スマホで確認した時刻は、もう五十分を過ぎていて、雨燕の言う通りの時刻に榻暁が佑の身体を乗っ取るのだとしたら…。

「マジでまずい…」

会社で会議中だと言う佑が、その場で豹変してしまう事故を防がなくてはならない。焦る哲に、雨燕は会社はどこにあるのかと聞いた。

「六本木です」

「急ごう」

雨燕はさっと手を挙げてタクシーを停める。共に乗り込んだ車内で、哲は間に合うだろうかと不安ではらはらしていた。


緊急時用に聞いていた佑の勤め先住所を運転手に伝え、どれくらいで着くか聞くと、十五分くらいだろうという答えがあった。なるべく急いで欲しいと頼み、スマホで時刻を確認する。

「そう案ずるな。十七時過ぎには着くだろうが、佑とすぐに会えるかどうか。六本木であれば近いではないか」

「……」

隣に座る雨燕は行き先が近場なのに安堵しているようだった。タクシーの中で気を揉《も》んでも仕方がないのは確かで、哲は楊暁についての疑問を雨燕に向ける。

「…昨日、渡された箱に大事なものが入ってるって言ってましたけど、…あの楊暁って人のことだったんですか?」

幽霊だから人というのはおかしいかと思ったが、雨燕は訂正しなかった。「ああ」と頷き、箱の蓋を開けられる人間が現れるのをずっと待っていたのだと言う。

それを聞き、百五十年前に閉じ込められたと楊暁が話していたのを思い出す。まさか…というような話もしていたが、あれは本当なのだろうか。

「楊暁が…箱に閉じ込められたのは百五十年前って言ってましたけど…」

「確かにそれくらいになるな」

「雨燕さんは生まれ変わってるとか…」

「いかにも」

雨燕が堂々と肯定すると、運転手がバックミラー越しに視線を送ってくる。声を潜めてるわけじゃないので、会話は筒抜けだ。やばい客だと思われているに違いない。

雨燕は運転手の存在をまったく気にしていないようで、荒唐無稽な話を続ける。

「私と楊暁は色々とあって、何度か生まれ変わっているのだ。そうだな。もう千年くらいになるか。楊暁があの箱に封印されたのは、この島国の山中でひっそり暮らしている時だった。ある日、近くの村に来た道士が覚を見つけて、成敗しようと思ったのだろうが、誤って楊暁を閉じ込めてしまったのだ」

何度か生まれ変わっている…、千年…。雨燕は平然と話しているが、頭に問題を抱えているとしか思われない内容だ。運転手の視線を気にしつつ、哲は覚について確認する。

「覚というのは、昨日、雨燕さんと一緒にいた幽霊ですよね？」

「ああ。正確にはあれは幽霊ではなく妖怪だ。楊暁が捕まえてきて以来、粗野で気はきかないが、下働きくらいはできるし、便利なところもあるので傍に置いてやっていたのだ。私は幽霊や妖怪の類はまったく見えない質《たち》でな。楊暁が傍にいた時は見えたが、箱に閉じ込められてからは覚も見えなくなった。昨日、君が見たというので、やはり近くにいたのかと気づいた次第だ」

「なるほど…。ところで、雨燕さんと楊暁の関係は…」

楊暁は雨燕に仕えていると言っていたし、雨燕の口振りや態度も主人らしさが感じられる。哲の疑問に、雨燕は優雅な笑みを浮かべた。

「私はかつて大陸にあったある国の太子だったのだ。楊暁は私に仕えていた侍従だ」

「じじゅう…」

聞き慣れない単語を哲が引きつり笑いと共に繰り返した時、車が停まった。遠慮がちに、運転手が「このビルだと思います」と告げてくる。代金を支払った雨燕は、一万円札を出し、「釣りは要らぬ」と微笑んだ。

生まれ変わる前は高貴な身分だったというが、現在もお金持ちっぽい。最初の身分が生まれ変わり後にも影響するのだろうかと考えながら、すっかり雨燕の話を信じている自分に、微妙な気持ちを抱いた。

六本木にある佑の勤め先は、想像していたよりも遙《はる》かに立派な建物だった。東京で佑の自宅に案内された際、あまりに高級なマンションだったのでびっくりしたのを思い出す。

「ここか」

「みたいですね」

仰ぎ見た建物の高さに微塵も動じず、雨燕はさっさと入り口へ向かう。哲はその後に従い、三階にあるという佑の部署へ向かおうとしたところ、エレヴェーターホール手前のセキュリティゲートで警備員に止められた。

「この先はオフィスですので、許可証のない方はお入りいただけません」

「なぜだ。この者の叔父に会うだけだぞ」

「ですから、許可証を…」

「叔父に会うのに許可など…」

「ちょ…、すみません！」

警備員相手に騒ぎを起こしかねない雨燕を慌てて止め、哲は彼の腕を摑んでその場を離れる。不満げな顔つきの雨燕を、騒ぎを起こすのはまずいと窘める。

「不審者対策とかで、関係者以外は入れないようにしてるんですよ」

「私が不審者だとでも？」

「そういうわけでは…」

失礼なと憤る雨燕が警備員に抗議しに行こうとするのを止め、哲はスマホを取り出す。相手は「元高貴なお方」だ。逆らわない方がいいと判断し、佑を呼んだ方が早いと電話をかけようとした時、「哲」と呼ぶ声がした。

「おじさん！」

周囲を見回せば、セキュリティゲートの向こうで佑が手を挙げていた。もちろん、楊暁も一緒で、哲は顔が引きつる。雨燕を見つけた楊暁は遠目にもわかるほど喜び、哲の前まで文字通り「飛んで」きた。

「雨燕様！」

楊暁が嬉しそうに呼びかけても、雨燕は反応しない。雨燕は幽霊の類は見えないと言っていたが、間違いではないようだ。

楊暁が飼い主を見つけた子犬のように、自分の周囲をぐるぐる回ってじゃれついているのもわかっていないらしく、うんざりした顔でゆっくり近づいてくる佑を指して哲に聞く。

「楊暁も一緒にいるのか？」

「雨燕さんの真横にいますよ」

「ふむ」

哲から楊暁の居場所を聞いた雨燕は、興味深げに自分の隣を見て首を振る。

「やはりさっぱり見えんな」

「雨燕様。あと少しで日の入りですから、お待ちください」

雨燕は声も聞こえないようで反応しなかったが、哲は違う。楊暁の発言を耳にしてはっとし、「おじさん！」と佑を呼んだ。

「まずいんだよ！」

「そりゃこっちの台詞だ。なんでここにいるんだ？　しかも…」

気まずそうに顔を顰め、佑は雨燕を見る。目覚めた時、裸で隣に眠っていた相手が目の前にいるのだ。どうしてと理由を問う佑に、哲は口早に説明する。

「日が沈んだら、また楊暁がおじさんを乗っ取るって…」

「わかってる。でも、まだ明るいから…」

「違うんだよ。日が沈むって、日没時間のことなんだって。だから、今日だと…」

「十七時二十七分だ」

哲から言葉を継ぎ、雨燕が時刻を告げる。反射的に腕時計を見た佑は、「えっ」と息を呑んだ。

「二十七分って…もう、二十五分だぞ？」

「だから！　まずいって知らせに来たんだよ」

「もう焦らずともよいぞ。こうして会えたのだ。楊暁が入ったら私が連れて帰る」

「何言ってんだ。俺はもう一件アポが…」

青い顔で無理だと佑が首を振った時、「朝永さん」と言う声がした。三人揃って振り返った先には、佑の後輩である滝口がいた。興味深げに哲と雨燕を見ている滝口に、佑は口早に命じる。

「おい、俺は急用で帰らなきゃいけなくなったから、打ち合わせ頼む」

「えっ、何言ってんですか。無理ですよ。楠本《くすもと》さん、俺なんか相手にしてくれませんって」

「いいから…」

あと二分で楊暁に身体を乗っ取られると聞いた佑は、アポ先へ同行する予定だった滝口に、打ち合わせを任せようとした。一刻も早く、この場を離れないとやばい。信じたくはなかったが、本能的に抱いた危機感で急いで行動しようとしたものの。

一足遅く。

「…っ…」

打ち合わせに行けと、佑は最後まで言うことはできなかった。ぶつっと糸が切れるみたいに、意識がなくなる。そして。

「…雨燕様っ…‼」

滝口に険相を向けていた佑が、がらりと表情を変えて雨燕の目前に跪《ひざまず》く。恭しく頭《こうべ》を垂れる姿は忠実な家臣そのもので、土下座並のインパクトがある。豹変した上司に驚愕している滝口を見て、哲は暗澹《あんたん》たる気分になった。

「と、朝永…さん？」

「雨燕様自らこのような場所においでになるとは…」

「お前は方向音痴なところがあるからな。迎えに来てやったのだ。…世話をかけたな。行くぞ」

雨燕は優雅な笑みで哲に礼を言い、さっと立ち上がってエスコートする佑と共に、さっさとビルから出ていく。残された哲は、目を見開いたまま呆然としている滝口に、かなり苦しい説明をした。

「す、すみません。なんか、おじさん、気分が悪いみたいで…あ、俺、甥の哲といいます。連れて帰りますんでっ、心配しないでください。ええと、仕事の方、よろしくお願いします！」

「え…？　え…？」

「また明日、おじさんからお詫びしますっ…！」

失礼します…と言って、狐につままれたような顔の滝口をその場に置いて逃げ出す。二人はどこへ行ったのかと追いかけてみたものの、その姿はどこにも見当たらなかった。


行き先はあの家だろうとわかっていたが、訪ねる気にはなれなかった。今夜も恐らく…。

「ああ～マジでなんとかしないと…」

このままでは佑は日の出から日の入りまでという、限られた時間内でしか働けなくなる。それはまずいし、珍妙な行動を繰り返せば、クビになったりする可能性もある。

保護者が無職になるのは困るし、原因を作ったのは自分だ。申し訳ない気分で哲は地下鉄を使って自宅へ戻り、佑を心配しながら眠りについた。

そして、翌朝。

「おじさん…！」

夜明け前に起きて佑の帰りを待っていると、玄関が開く音が聞こえ、哲は迎えに出た。

よろよろと入ってきた佑は、昨日よりも遥かにやつれていて、目の下には浅黒いクマがくっきり刻まれている。

「も…もう、無理だ…」

息も絶え絶えに呟き、覚束《おぼつか》ない足取りで居間へ入って、ソファに倒れ込む。精根尽きたといった様子の佑には、もちろん、楊暁がひっついていた。

「情けないな。あれしきのことで」

「っ…自分の身体じゃないから、好き放題できるんだろう！」

「何を言う。自分の身体だったら、もっと雨燕様をご満足させられるぞ」

佑と楊暁のやりとりは聞くに堪えないもので、哲は「あのさ」と割って入る。佑は楊暁に乗っ取られてからの記憶はないだろうから、報告しておかなくてはいけない。

「おじさん、昨日のこと、覚えてる？　会社の人に打ち合わせに一人で行ってくれって頼んでただろ？」

「あっ…そうだったな…」

「あの人の前で、雨燕さんにひっついてさっさと帰っちゃったりしたから、変だと思われてるはずなんだ。俺がなんとかごまかしておいたけど…」

「滝口がどう思おうが構わないが…楠本さんとの打ち合わせが…あいつ、ちゃんとできたのか…。くそっ…、お前なあ。人の身体借りるなら、こっちの事情も考えろ！　タイミングってもんがあるだろうが！」

「そんなこと言われても、俺にはどうにもできん。日没と同時にお前の身体に入るようになってるんだ」

「今日の日没は…十七時二十五分だから、それまでに仕事終わらせて、家に戻ってきてた方がよくない？」

昨日みたいに職場で珍妙な行動を取るような真似をしたらまずい。哲がそうアドバイスすると、佑は苦々しげに顔を歪めた。ソファの傍に立っている楊暁を睨みつけ、ゆっくりと起き上がる。

「…日没までしか仕事ができないなんて、冗談じゃない。俺は夜でも接待だの、内見だの、打ち合わせだので忙しいんだ。それに…こんなに疲れ果てさせられた上に昼間も働いていたら…俺は死ぬ…！」

真剣に断言する佑の顔は、クマの分だけ凄みが増していた。哲は怯えた顔で頷き、「でも」と続ける。

「楊暁が自分の意思でおじさんに入る時間を決めてるんじゃないんなら、それに合わせるしか…」

「違う！　もっと根本的な問題を解決しなきゃならないんだ」

「根本的とは？」

なんだ？　と偉そうに腕組みをして尋ねる楊暁を、佑は憎しみを込めた目つきで見て、指さした。

「お前を、俺に、入れないようにする！」

「どうやって?」

「わからんが、方法を探す!」

このまま共存するなんてまっぴらごめんだ! 悲痛な佑の叫びを聞きながら、哲は大丈夫かなと首を傾げていた。

八

廃屋に近い屋敷の地下室で、再び目覚めた佑は「起きたのか？」と間近で聞かれて震え上がった。隣には裸の雨燕がいて、またしても楊暁に身体を「使われた」のだとわかる。

「あ…う…あ…」

「そう動揺せずともよい。私は幽霊でも妖怪でもない。人間だ」

それに。薄い唇で弧を描き、雨燕は白い手を佑の腹に這わせる。反射的に身体を竦ませる佑に、雨燕は目を細めて、彼の肩に手をかけた。

背伸びをするようにゆっくり起き上がり、耳元で囁く。

「あれほど愛し合ったではないか」

「お、俺じゃないんでっ…」

「だとしても、身体は覚えてるはずだ」

蠱惑《こわく》的な響きを含む声が身体の奥を痺《しび》れさせる。雨燕の手は躊躇いなく下腹部へ進んでいく。佑はまずいと焦り、雨燕を振り払うようにしてベッドを下りた。

「し、失礼しますっ……！」

服を身につけるのもそこそこに地下室を逃げ出し、這々《ほうほう》の体《てい》で自宅へ戻った。昨日の朝も身体が重かったが、その比ではないくらいに疲れ切っており、楊暁が近くに現れているのも気づけなかった。

心配そうな顔で出迎えてくれた哲から、昨日の話を聞き、途方に暮れる。なんとかしなくては…仕事どころか、命を失いそうだ。危機感を抱き、楊暁に身体を乗っ取られない方法を見つけると決意した佑は、アシスタントの千倉に電話を入れ、仕事を休むのでスケジュールの変更を頼みたいと告げた。

「迷惑かけてすみません。ちょっと体調が悪くて…明日には出ますから。それと、昨夜の楠本さんとの打ち合わせ、滝口に頼んだんですが、無事やれたかどうか確認願えますか。できてないようなら、楠本さんに再度アポを取っておいてください」

通話を切った佑は、スマホを握ったまま、楊暁を見据えた。お前のために休むことになったんだぞと佑から非難された楊暁は、ふんと鼻先で笑う。

「お前の都合だろう。俺が頼んだわけじゃない。俺は日が沈めば雨燕様に会えるのだから、構わないぞ」

「っ…俺が死んだらどうする気だ⁉」

記憶はないものの、腰のだるさや身体の疲れ方が尋常じゃない。相当激しい営みがされているに違いなく、毎日のように酷使されたら、腹上死などというとんでもない事態を招きかねなかった。

そう指摘する佑を、楊暁は神妙な顔つきで見つめる。

「確かに……お前が死んだら…困るな」

「幽霊のままじゃ、あいつとセックスできないぞ」

「無礼な！　雨燕様をあいつなどと…」

佑が何気なく口にした言葉に楊暁が激怒する。その手にはいつの間にか刀が握られており、自分に向けられた切っ先を見て、佑は「ひっ」と息を呑んだ。

「なんだ、それ！　物騒だな。どこから出した⁉」

「雨燕様は太子であられたお方だぞ！　本来、お前のような身分の者が口をきけるお方ではない」

「たいし？」

「雨燕さんって昔は太子だったらしいよ。千年くらい前に、大陸にあった国の。太子って皇帝の後継者のことだと思う」

だよな？　と哲に確認された楊暁は「いかにも」と尊大な態度で頷く。

「楊暁は雨燕さんの侍従だったんだって。色々あって、二人で何回か生まれ変わってるらしくて、で、楊暁は百五十年前に覚と間違えられて箱に閉じ込められたみたいで…」

「…頭が変になりそうだ…」

それを俺に信じろと？　険相で聞く佑に、哲は苦笑いで首を傾げる。雨燕から聞いた話をそのまま伝えているだけの哲を責めても仕方がない。

佑は楊暁を見て、とにかくその刀をしまえと指示した。幽霊だから、実際に切りつけられることはないのかもしれないが、物騒なのに変わりはない。楊暁が渋々従うと、「とにかく」と切り出し、一緒に方策を考えるように言った。

「なんか、方法はないのか。何度も生まれ変わってるってのが本当なら、お前もあいつ…いや、雨燕さんも妖怪みたいなもの…いや、なんて言うか、そういう能力がある感じなんだろ？　だったら…」

「難しいことは俺にはわからん。雨燕様なら…」

「知ってるのか？」

「即位されていれば賢帝として名を残していただろうお方だ。妙案を思いつかれるやもしれぬ」

雨燕には本当はあまり会いたくないのだが…逃げ帰ってきたばかりだ…他に頼れる相手はいなさそうだ。溜め息をついて、佑が早速出かけようとしたところ。

「おじさん。俺も行く」

「お前、学校が…」

「元はといえば俺のせいだし。俺も『見える』から役に立つかもしれないだろ?」

　哲に学校を休ませるのは気が進まなかったが、雨燕と二人で会うのも躊躇われて、佑は承諾した。哲がいれば、さすがに襲ってきたりしないだろう。


　自動的にひっついてくる楊暁と哲を連れ、佑は再び雨燕が暮らす屋敷を訪れた。二日続けて飛び出した家を振り返って見たことはあれど、意識のある時に正面から入るのは初めてとなる。

「こんなにぼろかったのか…」

「ぼろいとはなんだ。失礼だな」

「おじさん、昨夜も来たんだろ?」

「来る時はこいつに乗っ取られてるからな」

　覚えてないと答え、錆びた門扉を開ける。雑草と低木が生い茂り、ほぼ獣道と化しているアプローチを通って玄関へ着くと、チャイムを押そうとした佑に、哲が壊れていると教えた。

「玄関の鍵もかかってないと思う」

「不用心…ってこともないのか」

　こんな家に人が住んでるとは思わないだろうし、金目のものもありそうにない。ドアを開けて中へ入った佑は、玄関先から「すみません」と呼びかけた。

「地下室にいるなら聞こえないんじゃ？」

「……。お前、呼んできてくれ」

「一緒に行けばよいではないか」

　哲に雨燕を連れてくるよう佑が頼むと、楊暁が首を傾げる。あの部屋で雨燕と顔を合わせるのはどうも気まずい。記憶はないはずなのに、身体に残されている感覚に引きずられそうになる。

　目覚めた時、雨燕に誘惑されかけて慌てて逃げ出したのも、余計な真似をしでかしかねないと恐れたからだ。

「いいから、頼む」

「私ならここにいるぞ」

「っ…‼」

　哲の肩を押そうとした時、ふいに雨燕の声が聞こえた。哲と一緒に飛び上がって見れば、廊下の暗がりに雨燕が立っていた。

「雨燕様！　いらしたのですか！」

　楊暁は大喜びで近づいて話しかけるが、雨燕はやはり見えていないし、声も聞こえていないようだ。佑は雨燕が服を着ているのに、少しほっとして咳払《せきばら》いをする。

「勝手に入ってすみません。相談がありまして」

「楊暁の件か」

「こんな状況が続くのは困るんです。何か、打開できる方法はありませんか」

「ふむ」

佑に尋ねられた雨燕は少し考え、取り敢えず家を出ようと促した。

「お茶が飲みたくて出かけようとしていたところだ」

佑たちは雨燕に従い、先日、哲が訪れた「寒月」という店に向かった。廃屋に近い家とは違い、新しく綺麗で、洗練されてさえいる店に、佑は驚く。雨燕はカウンターの内側へ入っていき、お茶の支度を始め、佑と哲は並んでスツールに腰掛けた。

「あの家とは雲泥の差だな。ここは…雨燕さんが経営してる店なんですか？」

「することがないというのも退屈でな。暇潰《ひまつぶ》しだ」

「けど、この立地と延べ床面積からすると、開業資金だけでも相当かかったでしょう。毎月の諸経費だってかなりするんじゃないんですか？　賃貸ですか？」

職業柄、興味津々に聞く佑に、雨燕は優雅な笑みを浮かべて首を横に振る。

「いや。私のビルだ」

ということはオーナーなのか。雨燕の見た目は三十代半ばほどで、都心の一等地にビルを所有する年齢としては若い。ただ、普通の人間ではないようだから、なんらかのからくりがあるのだろうかと想像しながら、ポケットに入れていた箱を取り出した。

「…俺としてはこれにこいつを戻せたら助かるんですが」

「二度と入るものか」

雨燕の横に立っている楊暁が吐き捨てるのを無視し、佑は雨燕に方法はないのかと聞く。

雨燕はお茶を入れる手を止めないまま、くすりと笑った。

「楊暁を閉じ込めた道士は誘《おび》き出して、射殺《いころ》した」

「射殺したって…」

「雨燕様は弓の名手なのだ。駆けている鹿の目も射れるほどだぞ」

楊暁の補足説明は笑えないもので、佑と哲は顔を見合わせる。昔の話だろうとはいえ、人を殺したなんて。楊暁から雨燕が処したと聞いた時は、半ば信じていなかった話に現実味が湧き、恐ろしくなる。

「あの道士は大陸から渡ってきた血筋の者で、かなりの能力者だった。現代にあれほどの者がいるとは思えないから、無理だろう」

「けど…楊暁にも言ったんですが、もしも俺が死んだらどうするんですか？　雨燕さんは幽霊の楊暁は見えないんですよね？」

「確かに…そうだな」

「その箱の蓋を開けられる人間に取り憑くことができる…としても、箱に入れないんじゃ、新しく取り憑く相手を探すのも難しいよな」

哲に指摘された楊暁は、神妙な顔つきになる。困惑している楊暁の姿が見えていない雨燕は、白い磁器の茶杯を佑と哲に出し、自分用に入れた茶に口をつける。

「どうしたものか。…蓋を開けた者に取り憑くと聞いたから、ずっと蓋を開けられる者が現れるのを待っていたのだ」

「でも…楊暁は箱に入る前は人間だったんですよね？」

「いかにも」

「だとしたら…箱に入った時点で死んで幽霊になったってことなのかな」

「元々、幽霊みたいなものなんじゃないのか。何回も生まれ変わってるんだろ？」

疑問を口にする哲に、佑が幽霊と大差ないのではないかと指摘する。だとすれば。目の前にいる雨燕も、同じく幽霊と近しい存在だということになる。幽霊というより、妖怪か。

畏怖と緊張が混ざった表情を浮かべ、佑は雨燕に本当なのかと聞いた。

「生まれ変わっている…というのは」

「ああ。話せば長いのだが…本懐を遂げられないまま、死した時、強く願ったのが神に届いたのであろう。時代や国は様々だが、生まれ変わるといつも楊暁がどこかにいた。お互いを捜し、共に過ごして生を終え、再び生まれ変わる…というのを、そうだな…千年ほど繰り返している」

「……」

普通なら到底信じ難い話で、頭に問題を抱えているのだろうとスルーしたいところなのだが。妄想ではない証拠が色々とあるものだから厄介だ。嘆息する佑の横で、哲が「でも」と口にした。

「どれだけ強く願ったって、千年もの間、何度も生まれ変わるなんて、普通じゃできないですよ。何か…秘密があるんじゃないんですか？」

「秘密とは？」

最初から人間じゃないとか…と言いたくても言えず、哲は愛想笑いを浮かべる。遠回しな言い方を探す哲に、佑が助言する。

「特別な力があるとか？」

「そうそう。そんな感じ」

「だが、雨燕さんは幽霊を見るような力はないんだろう？」

「楊暁が傍にいた時、覚のことは見えていた。今は…楊暁はもちろん、覚の気配を感じることもない」

「そうだ！　覚は幽霊じゃなくて、妖怪だとか言ってませんでしたか？」

そこにヒントが隠されている気がして、哲は高い声を上げて雨燕に尋ねる。雨燕は頷き、覚についてはは楊暁に聞いてみろと勧めた。楊暁は雨燕の後を受け、覚の話を始める。

「あれは俺が子供の頃に手懐けた白猿の妖怪だ。穴に落ちて出られなくなっているのを助けてやったんだ。妖怪だけあって、力は強いし、色々と能力もあって使える」

「覚も一緒に生まれ変わってるのか？」

「いや。あいつはずっと生きてる。俺が生まれ変わるたびに呼び寄せていた」

雨燕と楊暁に特別な力はなくても、妖怪だという覚が影響を与えている可能性はある。覚を呼んでみたらどうだと佑が言うと、楊暁は難しげな顔つきで首を横に振った。

「幽霊になってしまったせいか、呼べないんだ」

「でも、覚は楊暁が箱から出たと聞いたら、慌てて逃げていったんだよ？　呼んだところで、来ないいんじゃない？」

覚は雨燕を慕ってはいたが、楊暁のことは恐れているようだった。雨燕が住む廃屋に哲を案内した後、逃げると言って消えてしまった。楊暁は覚を手懐けたと言ったけれど、実際は違うのではないかと、佑は疑る。

「慌てて逃げたって、お前、虐《いじ》めてたのか」

「何を言う。助けてやった時に、一生、俺の言うことを聞くと、あれは誓ったのだ。妖怪にとっての誓いは絶対だ。だから、俺が呼べば絶対に来る。俺に従わなければ自分の命が危ないからな」

楊暁は当然のことのように言うが、覚だって、誓った相手の一生が何度もあるというのは予定外だったはずだ。楊暁の尊大な口振りからは、人使い…いや、妖怪使いの荒さが想像できて、気の毒に感じられる。

しかし。望みを託せる先が他になさそうな現状では、利用させてもらうしかない。なんとかして覚を呼び出す方法はないのかと楊暁に相談する佑に、哲が「そういえば」と切り出した。

「あいつ、雨燕さんにこだわりがあるみたいだった。最初に言われたのは…なんでも願いを叶えてやるから、雨燕さんの手と自分の手を俺を挟んで繋いでくれって…そうしたら、雨燕さんの役に立てるからとか」

「お前を間に挟んで手を繋いだらなんか起きるのか?」

「わからないけど…雨燕さんは幽霊が見えないから、俺を挟むと見えるようになるとか?」

「ふむ。やはり、覚を捕まえた方がよさそうだな」

話を聞いていた雨燕は、美麗な眉尻を微かに上げ、方策を考える。しばしの沈黙の後、出てきたのは。

「よし。私が囮《おとり》になろう」

「いけません、雨燕様! 雨燕様ともあろうお方が…囮など…!」

青ざめた顔で止めようとする楊暁の声は雨燕には届かない。とんでもないと大騒ぎする楊暁を冷めた目で見ながら、佑と哲はうまくいくのだろうかと怪しんでいた。


覚が雨燕を慕っているのは、楊暁も承知していた。自分が箱に閉じ込められた後も、雨燕の傍を離れないでいたのは、邪な思いがあったからだろうと言う。

「俺がいない隙に雨燕様を手籠《てご》めにしようとでも思ったんだろうが、雨燕様は俺がいなければあいつを見られもしないのだから、無理な話だ。だから、自分が見えるお前の甥に手伝わせれば雨燕様に見てもらえるようになると考えたんじゃないか」

「そうか。媒介的な存在が必要なんだな」

なるほど…と頷き、佑は離れたところにいる雨燕と哲を眺める。雨燕の店と屋敷の間くらいに位置するカフェ。覚が現れやすいようにテラス席に二人は座り、佑と楊暁は近くで待機して、雨燕を狙って覚が現れたところで捕まえようという作戦だった。

本当は雨燕は一人で囮になると言ったのだが、楊暁が許さなかった。とはいえ、楊暁が一緒にいたら覚は寄ってこない。それで哲がお供としてつき添っているのである。

「哲の話じゃ、覚は雨燕さんの店や家には入れないと言ってたらしいが…お前が入ってた箱のせいか？」

「雨燕様は肌身離さず、持っていてくださったからな。家や店といった仕切られた『間』だと俺の気配が強く感じられて近づけなかったのだろう」

「近づけないじゃなくて、近づきたくなかったんじゃないのか…」

「雨燕様がお出かけになると寄ってきているのには俺も気づいていた。お前の甥が覚を見たのも外だろう」

雨燕は普段、家か店のどちらかにいて、限られた時間しか外には出ない。あんなふうに屋外で過ごすことは滅多にないから、覚が寄ってくる可能性は高いというのが、雨燕と楊暁の意見なのだが。

「本当に現れるのか？　どこか遠くへ逃げていったんじゃないのか。お前が箱から出たから、またこき使われるのを恐れて逃げ出したんだろ？」

「だとしても、あれは単純な生き物だし、雨燕様に近づきたいという欲望には勝てぬはずだ。見ろ。あの雨燕様の万物がひれ伏す気高さを」

「……」

楊暁に促されて見たカフェのテラス席では、確かに雨燕は人目を集めていた。いわゆるセレブが多いエリアで、芸能人やモデルといった目立つ人種もよく目にする。そんな場所でも、雨燕の美しさが群を抜いているのは事実だ。

佑もそれは認めるけれど、興味があるかと言われれば、首を捻る。綺麗だけど、趣味じゃない。そんな気持ちを読んだかのように、楊暁が鼻先で息を吐いた。

「ふん。百瀬のような者を愛するお前にはわからぬだろうな」

「ぶっ……！」

楊暁が口にした台詞に驚き、佑は狼狽える。百瀬との過去が楊暁にばれているのは承知しているが。

「な…に言ってんだ…。十年も前に別れたんだぞ」

「だとしても未練があるだろう。お前には」

「……」

自分の身体を乗っ取る際、記憶を読んでいる楊暁をごまかしたりはできない。佑はうんざりしながらも、楊暁に説明した。

「俺はあいつを…ひどく傷つけたんだ。お前がこの前言ったみたいに…今も俺を想ってくれているんだとしても…もう、つき合ったりはしないつもりだ」

「どうして？」

「……また同じことを繰り返すに決まってる」

正直な気持ちを話すのに抵抗はあるが、嘘をついたところで、日没になれば楊暁にはばれる。本音を…理論立てて考えた思考と共に自分の中に記憶として残しておかなくてはいけない。

「お前は知ってるんだろうが……別れたのは俺の勝手だ。あいつは俺を好きでいてくれたのに…何も悪くなかったのに、一方的に別れたいって言ってあいつを傷つけたんだから」

百瀬とつき合っている間は怖いくらい平穏だった。百瀬は自分をすごく好きで、一緒にいたいと望んでくれた。華やかな思い出は特にない。なのに、しあわせだったことだけは覚えている。

そんな幸福を自ら手放したのは、いつか失うのが怖かったからだ。

あの時のように。

「観覧車、か」

「……」

別れを切り出すことになったきっかけもわかっているのかと、佑は息を呑む。それから深く溜め息をついて、両手で顔を覆った。

観覧車に乗ってみたい。一緒に乗りに行きたい。百瀬にそう言われた時、過去のトラウマが蘇《よみがえ》った。

昔…悲惨な結末を迎えた恋をしていた相手とも、観覧車に乗りに行こうと約束した。乗ったことがないから、初めて一緒に乗る相手は自分がいいと言われて、有頂天になった。同じ台詞を百瀬から聞いた時、嬉しく思うよりも、足下が溶けていくような、得体の知れない不安に襲われた。

百瀬は何も悪くない。自分にはもったいないくらいの、可愛くて優しくて、最高の恋人だった。

「…俺みたいに器の小さな男は…あいつに相応しくないだろう」

「ふむ」

佑が自虐的な台詞を口にすると、楊暁は真面目に頷いた。腑《ふ》に落ちたという顔つきは、気に入らなくもあったが、相応しくないというのは本音でもある。

複雑な心中でいる佑に、楊暁はテラス席に座っている雨燕を見つめて、自分も同じように思ったことがあると告げた。

「雨燕様と俺も身分違いであるからな。お傍にいるのが自分などでいいのかと、悩んだ時期もある」

「そういえば…雨燕さんは太子で、お前は侍従だとか言ってたな。王様と家来みたいなもんなんだろ。それがどうやってつき合うようになったんだ？」

「聞きたいのか？　…仕方ないな。話してやろう。俺が初めて雨燕様に拝謁したのは俺が十歳で、雨燕様が五歳の時…」

「待て」

「なんだ？」

「その話、長いのか？」

「まあな」

ならいい…と聞くのを拒否する佑に、楊暁は憤慨する。経緯を聞いたのはお前の方だろうと詰め寄る楊暁をうざったそうに手でのけながら、佑は百瀬のことを考えていた。

百瀬にはしあわせになって欲しかった。末永く一緒にいられて、しあわせな時間を共に積み重ねていけるような相手に出会って欲しかった。

未来に怯えて、「今」から逃げ出したくなるような、自分みたいな男じゃ駄目だと思った。


その後も覚が現れる気配はなく、場所を公園に変えてみたが、徒労に終わった。その内、日の入りが近づいてきて、佑は焦り始めた。

「今日の日没は十七時二十五分だっていうから…あと十分でまた乗っ取られるのか…」

腕時計で時刻を確認して溜め息をつく佑の傍で、楊暁は「そうだな」と頷く。佑の身体に入ったら覚を捕まえる作戦は中断し、屋敷に戻るつもりだと言って、離れたベンチに座っている雨燕を見つめる楊暁は嬉しそうだった。

佑は眉間に皺を刻み、楊暁に忠告する。

「毎晩、何をしてるか知らないが、いい加減にしてくれ。俺も若くないんだ。死ぬぞ?」

「安心しろ。お前の身体はなかなか役に立っているぞ。雨燕様も満足してらっしゃるし、それにお前の身体も雨燕様に可愛がられるのを悦《よろこ》んでいる」

「……」

どんな行為が繰り広げられているのか、想像したくない気分で佑は頭を抱える。今朝方、ベッドの中で裸の雨燕が艶めかしい仕草で腹に手を這わせてきた光景が思い出され、ぶるぶると頭を振った。

自分は雨燕のことをなんとも思っていないのに、身体だけは愛を育《はぐく》んでいるというのが不可解でしかない。かといって、何もしないように楊暁を説得するのは無理そうだ。

「お前はそれでいいのか。俺の身体で雨燕さんを抱くことに抵抗はないのか。雨燕さんを抱いているのは俺であって、お前じゃないんだぞ。雨燕さんが他の男に抱かれて平気なのか」

「今の状況では仕方ないだろう。それよりも雨燕様がお悦びくださる方がいい」

「……」

雨燕だって厭なのでは…と反論しかけてやめる。千年もの間、生まれ変わり続けているという二人だ。他人の肉体だろうが、こだわりなどないのだろう。

それくらい強い結びつきがあるのだというのが羨ましくも思える。何度生まれ変わっても愛し合えるなんて。

自分は駄目だ。久しぶりに百瀬の姿が見られて、本当は嬉しかったのに、哲がいたせいもあって、初対面のように振る舞ってしまった。百瀬がどういうつもりで訪ねてきたのかはわからないが、楊暁の言うように自分をまだ想ってくれているのだとしたら、ショックを受けたに違いない。

事実、突然用を思い出したと言って帰っていった百瀬は、動揺しているようだった。それなのに、自分は心配して追いかけようとした哲をぶっきらぼうに止めた。自分こそが、追いかけるべきだったのに。

百瀬を傷つけた十年前と、なんら変わっていない…成長していない自分に、佑が溜め息をついた時だ。

「おい」

楊暁に呼ばれ、何気なく顔を上げた佑は、道の向こうに立っている百瀬を見つけて息を呑んだ。公園のベンチにいる雨燕と哲を見張るため、ビル近くの植え込みの陰に隠れるようにして立っている自分を、百瀬が不思議そうに見ている。

どうしてこんなところに百瀬が？　目が合うと、百瀬は躊躇いがちに近づいてきた。佑はまずいと慌て、腕時計を見る。日没まではもう一分を切っている。

「っ…おい。俺を乗っ取っても、余計なことを言うなよ？」

「余計なことって？」

「いいから！　さっさと雨燕さんを連れて……」

屋敷に帰れ…と言いかけたところで、日没となり、楊暁に身体を乗っ取られた佑は意識を失った。

九

朝のSHRで出席を確認した際、百瀬は哲の姿がないのに気がついた。欠席の連絡は入っておらず、転入して間もない哲には親しい友人がいないため、彼の事情を知っている級友もいなかった。

前日、様子のおかしかった哲が気になり、帰宅する彼を捕まえて話を聞こうとした百瀬は、驚くような事態に出会した。校門を出てすぐのところで、哲は目の覚めるような麗人と話していたのである。

テレビやスクリーンでしか見かけない…いや、それ以上に美しい黒衣の男は一体何者なのか。哲は佑の他に東京に係累はいないと聞いている。友人というには歳が離れすぎており、百瀬は男の正体が知りたかったが、哲は逃げるようにして男と連れ立って帰ってしまった。

その辺りの事情も聞きたかったのに、無断欠席とは。心配になって、職員室に戻った百瀬は、連絡先として届けられている電話番号にかけてみたが、留守電に切り替わり、繋がらなかった。

メッセージを残しつつも、やはり心配で、授業後に訪ねてみようと決めた。その日は夕方から出席しなくてはいけない勉強会があったので、早めに学校を出て、哲の住むマンションへ向かった。

そして、その道すがら。

「……」

公園の横に建つビルのエントランス近くにあった植え込みの陰に、隠れるようにして佑が立っているのを見つけた。そんなところに佑がいるなんて思ってもいなかったから、思わず二度見したが、本人に間違いない。

何をしているのか。不思議に思い、立ち止まって見つめていると、視線に気づいた佑と目が合った。百瀬は躊躇いつつも、ゆっくり佑に近づいていった。

すると、佑は一人なのに、誰かと話しているような様子を見せた。

「っ…おい。俺を乗っ取っても、余計なことを言うなよ？　……いいから！　さっさと雨燕さんを連れて…」

まるですぐ傍に人がいるみたいに話していた佑の身体から突然力が抜ける。上半身が前傾し、倒れてしまいそうになるのに驚いた百瀬は慌てて駆けつける。

「佑っ…!?」

「……」

「大丈夫？　どうした…」

肩を摑んで支えようとした百瀬は、佑が突然しゃきっと身体を伸ばしたことで、手の行き場を失くした。宙に浮くはずだったその手首を佑に握られ、さらに身体を引き寄せられて、はっと息を吞む。

「…百瀬か」

「……」

自分をじっと見つめ、佑は笑みを浮かべてそう言った。確かに佑の声だし…佑本人であるのは間違いないのに、別人のような違和感がして、百瀬は戸惑う。

「佑…？」

「俺のことが、まだ好きなのか？」

「……」

佑からかけられた問いに、摑み出された心臓を竜巻の中へ放り込まれたみたいな衝撃を受ける。どきどきしすぎて、手が震えてしまいそうだ。まだ好きなのか？　佑はどういう意味で聞いているのか？

瞬《まばた》きもできず、凝視したままの百瀬に顔を寄せ、佑は囁くようにして尋ねた。

「好きだから、会いに来たのか？」

「……」

佑に会うために…来たわけじゃない。哲が心配で、訪ねようとしていた。佑を見つけたのは偶然だ。そんな説明をしようとしても、佑が間近にいることが信じられなくて、声が出ない。

どきどきは止まらなくて、改めて痛感させられる。

自分はまだ、佑が…。

「……」

好きだから、想っているから、一目会いたくてマンションを訪ねた。会えない可能性の方が高いと諦めてもいたから、佑が偶然帰宅したことが信じられなかった。

初対面みたいな挨拶をされても。他人みたいな顔をされても。やっぱり会えたことの方が嬉しかった。

まだ好きなのか…と聞く佑は。もしかして。

「たす……」

佑、と呼びかけようとした百瀬は、「先生?」という哲の声を耳にし、身体を震わせた。同時に手首を摑んでいた佑の手が離れる。哲に見られただろうかと恐れ、なんとかフォローしなくてはと焦る百瀬の横で、佑が思いがけない行動を取った。

「雨燕様!」

「⁉」

聞き覚えのない名前を呼び、佑は哲の方へ走っていく。哲の隣には昨日も見た、黒衣の麗人がいて、佑は彼の前に跪いて深く頭を下げた。

「申し訳ありませんっ…！　あの者は昔の恋人でして…」

「ほう。そうなのか？」

昔の恋人と言われた百瀬を、麗人が興味深げに見る。目が合うだけで緊張を覚えるほど、美しい男。佑が呼んだ雨燕というのはあの男の名前のようだが、一体、二人はどういう関係なのか。

「日没を迎えましたし、また明日にして、屋敷へ戻りましょう」

「そうだな。哲、明日もよろしく頼む」

「あ…はい」

鷹揚《おうよう》に言い、微笑む雨燕に恭しく従い、佑は連れ立って行ってしまった。百瀬は急激すぎる状況の変化に対応できず、呆然としたままだった。

まだ好きなのかと聞く佑と、自分の返事次第で復縁できるのではないかと、瞬時にして期待を抱いた。どういう意味で聞いているのかは判断がつかなかったが、佑の表情は迷惑そうなものには見えなかった。

それも…、すべて自分の思い過ごしだったのか。

「先生…」

「……！」

佑の行動をどう理解すればいいのか悩んでいた百瀬は、哲に呼びかけられて我に返る。

動揺していて忘れていたが、哲も「昔の恋人」と佑が言うのを聞いていたのではないか…。

顔を青くする百瀬に、哲は「すみません」と詫びる。

「おじさん…ちょっと……調子が悪いっていうか……」

「……？」

佑の調子が悪いというのはどういう意味なのか。百瀬の目には元気そうに見えていたので心配になる。

「どこか悪いんですか？」

「あ…いや、そういうわけじゃなくて…」

「…中江くんが一緒にいたのは…昨日、校門の前で…」

会った相手かと確認すると、哲は神妙な面持ちで頷く。佑との関係を聞きたかったが、哲は聞かれたくないようで、百瀬を遮って質問した。

「それより、先生はどうしてここに？」

「いや、僕は…中江くんが欠席したのが心配で訪ねていこうとしてたんです。学校に連絡を入れてませんよね？　…見たところ、体調が悪いわけでもなさそうですが、何か事情でも…？」

百瀬から説明を求められた哲は、困った顔つきになった。どう説明したものかと悩む哲を、百瀬は教師らしく諭す。

「中江くんが学校をさぼって遊んでいたとは思いませんが、欠席するなら相応の理由が必要ですし、連絡も入れてください」

「すみませんでした…。あの、先生」

「はい？」

「昔の恋人って、なんですか？」

「……」

やっぱり聞こえていたのか。硬直する百瀬をじっと見て、哲は「まさか」と続ける。

「おじさんとつき合っていたとか」

「……」

そこで何を言ってるのかとポーカーフェイスでとぼけることができればよかった。聞き間違いじゃないかとあしらい、明日は学校へ来るようにと注意して、別れたなら。

ごまかすことも可能だったのに、百瀬はできなくて。

「…先生。首まで真っ赤ですよ？」

「……」

ああ。これだから、自分はどうしようもない。へなへなと座り込んでしまった百瀬の腕を摑み、哲は公園のベンチへと移動させた。

もう駄目だ。おしまいだ。クラスの生徒に知られてしまったなんて。しかも、佑の甥っ子に。いや、甥である哲にはいずれ知られていただろうから、仕方がないのか。

それにしたって…と憂える百瀬に、隣に座った哲が「大丈夫ですか？」と問いかける。

「落ち着きましたか？」

ベンチに腰掛けてからずっと俯き、頭を抱えたままでいた百瀬は、一つ息を吐いて顔を上げた。隣の哲を見ることはできないまま、「はい」と小さな声で答える。

「すみません…」

「いえ。あの…なんていうか…、その、俺、誰にも言いませんから。安心してください。なんたって、相手は俺の叔父なんで…」

気遣ってくれる哲に申し訳ない気分で、「ありがとうございます」と返し、なんて説明するのが正解だろうかと考えた。昔つき合っていたのは事実だけど、ずっと音信不通で、転入してきた哲の保護者として佑の名前を見て驚いたんだ。

そんな軽い感じで話をすれば…なんとかフォローできるだろうと算段をつけるのだが、

言葉が出てこない。戸惑う百瀬に、哲が質問する。

「聞いてもいいですか？」

「…はい」

「昔って…いつですか？」

「……。十年くらい前です」

「十年」

百瀬が口にした数字を、哲は驚いた様子で繰り返した。まだ高校生の哲にしてみれば、十年という月日は長いものだろう。しかし、自分にとって、この十年は長かった気もするけれど、十代の頃に比べればあっという間に過ぎ去った。

「じゃ、先生が学生の時とか…」

「いえ。もう働いてました」

「マジで？　えっ、先生、そんな歳なんですか？」

まだ二十代かと思ってたと驚く哲に、百瀬は苦笑を返す。若く見られがちなのはわかっていて、「三十三になります」と告げてから、佑との出会いについて話した。

「会ったのは…働き始めたばかりの頃で、引っ越そうと思って、たまたま入った不動産屋で働いていた彼が物件を探してくれたんです」

「不動産屋って…今とは違う会社なのかな」

「だと思います。以前のところは…辞めたと聞きましたから」

自分に別れを告げた後、佑は勤務先の不動産会社を辞めた。さらに、アパートを引き払い、携帯も変え…まるで、自分から逃げるかのように姿を消した。

当時の愕然とした思い出が蘇り、暗い気持ちになっていると、哲の呟きが聞こえた。

「おじさんって謎なんですよね。俺にとっては、お正月になると現れて、お年玉くれて飯食って帰っていく人だったんですけど。東京で何してるとか、どこに住んでるとか、聞いても教えてくれなくて。親が死んで、おじさんに世話になることが決まってから、初めて仕事とか家とか、わかったくらいなんで」

「そう…だったんですか…」

「俺のことって…何か聞いてましたか？」

「甥が一人いるとだけ」

自分の過去や家族のことを佑は話したがらなかった。甥の存在は何かのついでに触れた程度だったので、佑自身には話したという意識はなかったかもしれない。時折零《こぼ》れる欠片《かけら》を、大切に拾い集めていた。

それを集めたら、何かがいつか完成すると信じて。

「おじさん、あんま喋《しやべ》りませんしね。無口っていうのとは違うと思うんですけど。仕事の電話とかだと、めちゃめちゃ喋ってるし」

「そうですね。僕は…仕事してる時に知り合ったから、普段はあまりに話さないので、怒ってるのかなって心配になったりしました」

「あれ、怒ってるわけじゃないらしいですよ。スリープモードみたいなもので、仕事でエネルギー使うから、普段はオフにしてるんだって言ってました」

「あ、僕もそんな話を聞きました」

「……。先生。もしかして…そういうおじさんに愛想を尽かしたとか…」

それが別れた原因なのかと哲に聞かれ、百瀬は思い切り首を横に振る。その表情が真剣すぎたのか、哲が引いてるのを察して、急いでフォローした。

「違うんです。愛想を尽かすなんて、とんでもない」

「じゃ、どうして？」

別れた理由を尋ねる哲を、百瀬は見つめる。哲を初めて見た時、佑の面影があるのにどきりとした。こうして改めて向かい合うと、その気配が色濃く感じられて、切なくなり目を閉じた。

別れを切り出されたのは自分の方だった。

佑とつき合っていたのは半年ほど。その間、佑が見つけてくれた部屋でしあわせな時間を過ごした。

お互い休みが違っていたので、休日を一緒に過ごせるのは稀だったが、佑は日を置かずに訪ねてきてくれた。休みの日には夕飯を作って待ってくれたりもした。何気ないことがなんでも嬉しくて、そういう毎日が永遠に続く気がしていた。

喧嘩《けんか》はなかったし、気まずくなるようなこともなかった。だから、突然佑に別れを切り出されたのは衝撃で、しばらく理解できなかった。

理由を聞いても佑は答えてくれず、他に恋人ができたというわけでもなさそうだった。悪いところがあれば直すから。なんでも言って欲しい。必死で縋っても、佑の気持ちを変えることはできなかった。

モモは何も悪くない。俺の勝手だ。ごめんな。謝って部屋を出ていった佑は、二度と訪ねてこなかった。それまでしあわせすぎた分、ショックが大きくて、深く落ち込んだ。佑が姿を消した後は、忘れようと決めて、自分も違う町へ引っ越した。次の年には転勤となったこともあり、行動範囲から佑との思い出はすべてなくなった。

新しい暮らしは順調で、佑との恋も少しずつ薄れていった。ただ、佑みたいに好きになれる人には出会えなかった。あんな出会いは二度とないだろう。期待すら抱かず、淡々と生きてきた。

佑に偶然会えたら。そんな望みもとうに潰《つい》え、完全に忘れていたのに。

名前を見ただけで、もう一度、会いたいと願うようになるなんて。

「先生?」

顔を俯かせたままでいた百瀬は、哲の声にはっとする。目を開けると、無意識に涙ぐんでいたのがわかり、ごまかすためにぱちぱちと瞬きした。視界は滲んだけれど、雫《しずく》は落ちず、ほっとする。

涙を哲に知られないよう、顔を背けつつ、「すみません」と詫びた。

「これから行かなくてはいけないところがあるので…」

用があるからもう行くと伝え、百瀬は立ち上がる。質問に答えていなかったが、哲は聞き直したりしなかった。

「…明日は学校に来てください」

「……先生」

「なんですか?」

「明日は土曜で、休みですよ」

ああ、そうだった。失敗したと悔やんで、ごまかし笑いを浮かべようとしても、うまくいかない。ぎりぎり、「そうでした」とだけ言ったが、声は掠れていた。

「先生…」

「…すみません。僕は…これで」

哲に背を向け、歩き始めた百瀬は、数歩進んだところで立ち止まった。一つだけ、哲に確認しておきたいことがあった。

「あの人は…」

佑の恋人なのかと最後まで聞けず、口籠《くちご》もる百瀬に、哲は「雨燕さんですか？」と確認する。百瀬が頷くと、困ったような顔になって言葉を濁した。

「色々あって……相談に乗ってるというか…」

「…二人はどこへ？」

「雨燕さんの家だと思います」

「……」

哲は即答したものの、百瀬がさっと顔つきを硬くするのを見て慌てた。違いますよと否定する哲の声は、百瀬の耳に入らなかった。

やっぱりそうなのか…と絶望的な気持ちになって、ふらふらと歩みを再開する。佑は「昔の恋人」と自分を紹介したのだから、雨燕が「今の恋人」に違いない。「誤解しないでくださいね！」という哲の声は慰めにしか聞こえず、百瀬は振り返らずに歩き続けた。

十

三日目ともなると、さすがに慣れる。目を覚ました佑は、また隣で裸の雨燕が寝ているのを目にして、溜め息と共に起き上がった。

「はあ…」

昨夜もこき使われたらしい身体はだるく、確実に疲労が増している。そういえば…。昨日、楊暁に乗っ取られた時…とぼんやりした頭で思い出していると。

「…起きたのか?」

雨燕の声が聞こえ、はっとして振り返る。寝返りを打った雨燕は、肘をついて頭を持ち上げ、微笑んで佑を見つめた。

「今日も覚をおびき寄せるのか?」

「それしか方法がないなら、やってみるしかないでしょう」

また仕事を休まなくてはいけないのを憂え、佑は顔を曇らせる。肩を落とす佑に、雨燕は不思議そうに「どうしたのだ?」と聞く。

「仕事が……困ったなと思いまして。そうそう休める仕事でもないんで」

「何をしているのだ？」

「不動産の販売です。俺が扱ってるのはマンションとか…」

「ふむ。では、私が買ってやろう」

「……」

寝転んだまま、鯛焼《たいや》きでも買うみたいに軽く言う雨燕を、佑はちらりと見て愛想笑いを浮かべる。佑が扱っているのは億超えの高級物件ばかりだ。遙か彼方《かなた》昔、雨燕は権力者だったというが、信憑性《しんぴょうせい》はなく、現代においては単なる奇人だ。

本気にはせず、佑は「それより」と話を替える。

「楊暁が…いませんね」

「そうなのか？　私には見えないからな」

昨日も一昨日も、慌てて飛び出し、逃げ帰る途中で楊暁の存在に気づいた。部屋を出たらいるのかもなと思いつつ、佑はベッドを下りて落ちていた衣類を拾い集める。

取り敢えず、マンションに帰って…そういえば、哲は…と考えたところで、息を呑んだ。

そうだ。昨日は…。

「…！」

「どうした？」

記憶の最後にある光景が頭に浮かび、佑はパンツ一枚の姿で硬直する。百瀬が…いた。なぜかはわからないが、百瀬がいて、自分に近づいてきたところで、日没時間が来てしまったのだ。

意識がなくなる直前、楊暁に余計なことは言うなと忠告したのだが…。

「っ…昨日、楊暁に乗っ取られた時…もも……いえ、誰か、誰かいませんでしたか？」

「いたぞ。お前の昔の恋人が」

「‼」

なぜ、雨燕がそれを知っているのかといえば、楊暁が話したからに違いない。真っ青になる佑を見て、雨燕はからかうような笑みを浮かべる。

「なかなか可愛らしい者ではないか。泣きそうな顔で私を見ていたぞ」

「……」

百瀬が泣きそうな顔をしていたのだとしたら、自分と雨燕の仲を誤解したからだ。楊暁に乗っ取られている間の記憶は一切ないが、想像はできる。

雨燕と目のやり場に困るほどの抱擁を交わして、自分にしか見えない…実際、肉体は佑のものだ…楊暁が、「昔の恋人」だと伝えたのであれば。

なんてことを…。絶望的な気分で頭を抱えてその場に屈み込んだ佑に、雨燕は尋ねた。

「なんだ。まだ好きなのか」

「……」

「お前の方から別れを切り出したと、楊暁は言っていたがな」

余計なことは話すなと言ったのに。幽霊のまま成仏させてやりたい気分になりながら、佑は「そうですけど」と認めた。

「色々あるんです」

「色々とは？」

「……」

色々です…と繰り返し、佑は立ち上がって、着替えを続ける。シャツに腕を通し、ズボンを穿《は》く佑をベッドの上から眺め、雨燕は首を捻った。

「わからんな。お前も、…確か、百瀬と言ったな…あの者も、好きでいるようなのに、思いを遂げられないでいるのは、なぜなんだ？　……もしかして、家の者に反対されているのか？」

身分が不釣り合いな恋なのかと勘違いした楊暁と同様に、雨燕も違う方向へ誤解しているようだった。時代錯誤な誤解を解くのも面倒で、佑は適当に返事する。

「そんなところです」

「そうか。…よし」

「どうしたんですか？」

深く頷いた雨燕は突如、起き上がり、ベッドの縁に引っかかっていたガウンを手に取って羽織る。シルクのリボンを結び、自分も着替えるから待っているように佑に命じた。覚を捕まえるためだろうと思ったのだが。

「私が家の者の説得に当たろう。時代が違うということを教えてやらねばならんな。好き合っている者同士が、そのような事情で結ばれないでいるような時代ではないのだ」

「待ってください」

違う違うと首を振り、佑は雨燕を止める。面倒くさいことになりそうな気配を察し、

「それよりも」と矛先を変える。

「今は覚を見つける方が先ですよ。楊暁が幽霊のままじゃ、雨燕さんも困るでしょう」

「まあ、そうだな。では、覚を見つけたらにしよう」

「いえ。もう忘れてください」

自分で解決しますと力強く言い、佑は着替えを終える。外で待っていると言い残し、先に部屋を出て、階段を上がりかけたところで楊暁が現れた。

「雨燕様がせっかく助けてくださるとおっしゃっているのに、断るとは何事だ」

「聞いてたのか」

無礼だと憤る楊暁に、佑は足を止めないで、怒っているのは自分の方だと言い返す。

「余計なことは言うなと言っただろう?」

「俺は何も言ってない」

「嘘つけ。じゃ、なんで雨燕さんが知ってんだよ」

「何を?」

「…あいつのことだ」

百瀬の名は口にせず、声を低める佑の横で、楊暁はにやりと笑う。意味ありげな笑みに眉を顰め、佑が「なんだよ?」と聞くと、爆弾発言が投下された。

「まだ好きなのかと聞いたら頬を赤らめて狼狽えていたぞ。あれは間違いなく…」

「‼」

忠告しておいたのに、想像を上回る事件を起こしたらしい楊暁を、佑は捕まえようとしたが、するりと逃げられた。捕まえられたところで、体格の勝る楊暁をどうにもできないが、怒りが収まらない。

「っ…ふざけるなよ! 言っただろう⁉ モモとはもうつき合う気はないって…」

「そうなのか?」

「このっ…」

にやにやと笑う楊暁が憎らしくて、佑は楊暁に向けて手を伸ばす。しかし、すばしこい幽霊は捕まらず、代わりに玄関から入ってこようとした哲に摑みかかってしまい、驚かせた。

「わっ！　びっくりした。何してんだよ、おじさん」

「悪い。楊暁が…」

「俺は悪くないぞ。素直にならない方が悪い」

「っ…だから！」

「なんの話？」

「こいつとモモの話だ」

モモというのが誰のことか、哲はすぐにわかったようだった。さっと表情を厳しくし、「おじさん」と佑に呼びかける。

「先生とどうして別れたんだよ？」

「…!?」

真剣な顔つきの哲から浴びせられた問いが佑を仰天させる。先生と哲が呼ぶのは百瀬に違いなく。それと別れたというのは…。

なんで知ってるのかと慌てたが、昨日の状況を思い出せば、仕方ないかとも思う。雨燕と一緒にいた哲は、二人が去った後、百瀬と話をしたに違いない。今更否定しても無駄だろうなと、哲の顔を見ながら眉を顰める。

「お前には関係な…」

「あるよ。俺の担任なんだから。先生、泣いてたんだぞ」

「……」

百瀬が泣いてたと聞き、佑は顔つきを硬くする。さっきは捕まえられなかった楊暁の胸ぐらを咄嗟に掴むことができたのは、怒りのせいだ。「何を言った?」鬼の形相で確認する佑に、楊暁は少しだけ神妙になって、確認しただけだと答える。

「好きだから会いに来たのか、と」

「……」

百瀬はなんて答えたのか気になったが、聞けなかった。百瀬の気持ちはわかっている。そうでなきゃ、哲にかこつけて自ら会いに来たりはしなかったはずだ。避ける方法などいくらでもある。

百瀬に対するいろんな後悔が浮かんで、佑は楊暁を放して二人に背を向ける。

「つき合ってたのは十年も前なのに、泣くなんて。相当ひどい真似、したんじゃないの?」

「そうなのか?　あのように可愛い者になんてことを」

「それは誠か?」

哲と楊暁が一緒になって佑を責めていると、ふいに雨燕の声がした。着替えを終えてやってきた雨燕は、哲の話が聞こえたようで、不審げな表情で佑に問いかける。

「家の者に反対されたという話は嘘だったのか?」

「家の者って…俺は反対なんてしませんよ。おじさん、俺以外に家族はいませんし」

「なに⁉　では私を誑《たぶら》かしたのか！」

「貴様！　雨燕様を誑かすとは！」

　壁に向かって落ち込む佑の耳に、背後から浴びせられる罵詈雑言《ばりぞうごん》はほぼ入っていなかった。百瀬を泣かせるなんて、絶対にしたくなかった。百瀬にはしあわせになって欲しかった。

　馬鹿みたいな後悔を引きずって、過去に囚《とら》われたままでいる自分なんかと一緒にいない方が、しあわせになれると思ったから…。


　弁解をせず、壁を向いたままの佑をひどいと責めるのに、三人は早々に行き詰まった。佑が反論の一つでもすれば、責め続けることもできただろうが、無抵抗の相手に投げつけられる言葉は限られている。

　三人が静かになったところで、佑は暗い顔で振り返り、覚を捕まえに行こうと提案した。覚の捕獲が最優先事項であるのは哲も雨燕も楊暁も承知している。異論は唱えず、屋敷を出て、昨日とは違う公園で囮作戦を仕掛けることになった。

　哲と雨燕が公園の一角に腰を落ち着けたのを確認し、佑は楊暁と共に見張れる場所へ移動する。ずっと無言でいる佑に、居心地の悪さを感じた楊暁が、「怒っているのか？」と尋ねる。

「……」

「なぜ、そんなに怒る？　モモはまだお前が好きなのだから、やり直せばいいではないか」

「お前がモモって呼ぶな」

「相応しくないだとか、家の者の反対だとかは、お前の言い訳なのだろう。本当は障害などないくせに」

楊暁の指摘は当たっていて、佑はきつく唇を結ぶ。確かに、障害はない。

けれど…。

「…お前が雨燕さんと出会ったのは…」

「なんだ。ようやく聞く気になったか。そうだ。俺が十歳で雨燕様が五歳の時で…」

「だったら、雨燕さんが初恋なんだよな？」

嬉しそうな雰囲気を醸し、滔々《とうとう》と話し始めようとした楊暁は、話を遮られたのに不満そうな表情を浮かべながら、「もちろん」と頷く。

「雨燕様に初めてお会いした時、生涯をかけてお守りすると誓った」

堂々と言い切る楊暁に迷いはない。雨燕と楊暁の場合、初恋というのとは違うのかもしれないと思いながら、佑は別の質問を向ける。

「雨燕さんには縁談とか…なかったのか？　偉い人だったのなら、許嫁《いいなずけ》みたいなのがいたとか」

「雨燕様は生まれながらに太子でいらしたからな。俺がお会いする以前に正室は決まっていた。婚姻の儀を執り行われたのは十五の時で…それから、側室も迎えられたが、残念ながらお子は生《な》さないまま、政変に巻き込まれてしまったのだ」

「…そういう人たちに嫉妬しなかったのか？　お前は」

時代も国も違うのだから、感覚が違うというのはわかっていたが、聞かずにはいられなかった。案の定、楊暁は不思議そうに「嫉妬？」と繰り返す。

「雨燕様がお子を生すための行為に励まれるのは当然だろう」

「……。そうだな」

思考がシンプルでいいなと羨ましく思って、溜め息を零す。楊暁にとって雨燕との関係は、その程度のことでは揺るがないものなのだろう。千年もの間、共に生まれ変わっているのだから。

「お前の初恋は…」

自分の記憶を思い出している様子の楊暁に頷く。初めて好きになった相手に本気ですべてを捧《ささ》げようとしていた自分は、若かった…いや、幼かった。

「ずっと…一緒にいられるって信じてたんだ。誰も知らないところへ行けば…二人でしあわせに暮らせるって。でも…そんなこと思ってたのは、実は俺だけで…俺じゃ駄目だってはっきり言われて……あの時はきつかった」

「しかし、それがきっかけで東京へ来て、百瀬にも出会えたのではないか」

「…お前って、ポジティブだよな」

「ぽじてぃぶとはなんだ?」

百五十年、箱に入っていた楊暁が不思議そうに聞くのに、佑は苦笑を返す。笑うな教えろと詰め寄る楊暁をスルーして、自分もそんなふうに思えたら、百瀬としあわせになれたのだろうかと想像した。

「東京に出てきて…誰とつき合っても、将来を考えないようにしてた。ずっと一緒にいたいとか思ったって、人の気持ちは変わるんだから、無駄だと割り切って、早めに別れるようにもしてた。…でも、モモは違って…。モモの方がずっと一緒にいたいって思ってくれてるのが伝わってきて、もしかしたらとも思ったけど…あれを見つけて」

別れを告げる少し前。百瀬の部屋で偶然見た写真が、不安を倍増させた。百瀬には違う形のしあわせがあるんじゃないか。壊れた初恋の時のように。

「あの写真か…。しかし、百瀬は今も一人みたいじゃないか」

「……」

全部わかっている楊暁が呟くのに、佑は苦笑する。再会した時、真っ先に左手の薬指を見た。そんな真似をした自分を軽蔑したりもした。

百瀬もいつか、自分とじゃしあわせになれないと見切りをつけるんじゃないか。心に芽生えた不安が、百瀬が口にした小さな願いをきっかけにして…。

「おじさん！」

哲の声が響き、佑と楊暁ははっとして公園の方を見る。慌てた様子で手招きをしているのは、覚が現れたからか。急いで哲の元へ向かう佑の傍から楊暁は消えていた。どこへ行ったのかと訝しく思いながら、駆けつけると。

「…っ…」

哲と雨燕の近くに大柄な男がいた。二メートル近くありそうな巨体に、白銀の長い髪、褐色の肌。深緑色の瞳。服装は楊暁と似た感じで、これが覚かと凝視する。

雨燕が妖怪と言っていたから、どんなものかと怪しんでいたが、人でないのは明らかだ。人の形はしていても、異形であるのが見て取れる。

「おじさん…」

「こいつが覚か？」

「お前は誰だ？」

哲に確認する佑に覚が尋ねる。佑は答えず、楊暁はどこにいるのかと周囲を見回した。

雨燕の近くにもその姿はない。雨燕は覚が見えていないようで、ベンチに座ったまま、静観していた。

覚は疑わしげな表情で佑を見て、ぶつぶつ呟く。

「待てよ…。おじさんって呼んだよな？　ということは…箱を開けた奴か？　だが…楊暁が入ってる気配はしないな…」

佑が箱を開け、楊暁が外に出たと哲から聞いた覚は慌てて逃げ出した。初めて見る佑に楊暁が「入っている」かどうか確かめるために、しげしげと観察する。

そんな覚に、哲は頼みがあると切り出した。

「おじさんが箱を開けたら、楊暁に取り憑かれるようになっちゃったんだ。なんとかできないか？」

「やっぱり…。楊暁なんかに関わってたまるものか」

「ま、待て！　雨燕さんは？　雨燕さんはいいのか？」

楊暁の名前を聞いた途端、また逃げ出しそうな覚を哲が慌てて引き留める。覚に問いかける哲の声を聞いた雨燕は、優雅な笑みを浮かべて宙に向かって話しかけた。

「覚が近くにいるのか？　久しぶりに姿を見せよ」

「雨燕様…っ！　こ、ここに、ここに覚はおります…！」

雨燕が自分の名を口にしただけで嬉しいというように、覚は嬉々《きき》として雨燕に近づき、その周囲を飛び回る。しかし、覚が見えない雨燕と視線を合わせることすらできない。残念そうな顔になる覚を、哲はすかさず唆《そそのか》した。

「雨燕さんに自分の姿を見てもらいたいんだろう？」

「もらいたいに決まってる！　だから、俺はお前に頼んだだろう」

「手を繋ぐやつか？」

「ああ。俺のことが見えるお前が間に入れば…雨燕様に見ていただけるようになる」

「わかった。じゃ、俺が手を繋ぐから…」

代わりに…と哲が交換条件を出そうとした時。

「覚！」

「あっ！」

どこからともなく現れた楊暁が覚を背後から襲い、羽交い締めにした。しかし、覚は抵抗し、楊暁の手から抜け出す。それを再び捕まえようとする楊暁と、逃げる覚。幽霊と妖怪だから、天地もなく自在に飛び交う様子を、佑と哲ははらはらしながら見守り、一人だけ見えていない雨燕は宙を見つめていた。

「逃げるな、覚！　契約を忘れたか！」

楊暁の手には以前も見た刀が握られていて、その切っ先を向けられた覚は、忌々しげに顔を歪める。

「何が契約だ！　お前が幽霊になった今、通用するものか！」

「なんだと⁉　痛い目に遭いたいのか？」

「できるものならやってみろ！　その刀だってまやかしだ」

「小癪な！」

覚に挑発された楊暁は素早く動き、覚に向かって剣を振るう。確実に当たったと思われたのに、覚がダメージを受けている様子は見られなかった。

「⁉」

「ふん。やっぱりな。お前に捕まったらと恐れていたが、さっき、わかったんだ。人間だった時は、お前の命令に逆らえなかったし、捕まったら力が抜けて動けなくなったが、そんなことなかった。幽霊になったお前は怖くないぞ！」

「っ…」

全然平気だと子供のように喜ぶ覚を、楊暁はまだも捕まえようとして飛び回ったが、すばしこくてかなわない。楊暁ではどうにもできそうにないと焦る佑と哲に、状況がわかっていない雨燕が「どうなっているのだ？」と尋ねた。

「楊暁が覚を捕まえようと頑張ってますが…」

「どうも幽霊の楊暁では無理っぽいですね」

「そうか…」

見えていない雨燕のために、彼の周囲を二人が飛び交っているのだと哲が実況中継する。

雨燕は小さく息を吐き、腕組みをしてベンチの背にもたれかかると、「楊暁」と呼んだ。

「私の声は聞こえているのだろう。消えろ」

「しかし、雨燕様…」

命令を聞いた楊暁は動きを止め、反論しようとした。その声は雨燕に届いていなかったのだが、哲から聞いて、楊暁がまだいると知った雨燕は、強い口調で繰り返した。

「消えろと言ってる」

「……。はっ」

主君である雨燕の命令がどのようなものでも、楊暁には従わないという選択肢はない。

楊暁の姿が霧散するように消える。「消えたか?」と雨燕に聞かれた佑は、無言で頷いた。

「覚はどこに?」

「まだそこにいます」

雨燕の前方を指さして哲が教える。雨燕は覚がいる辺りを見て、優しげに微笑みかけた。

「覚よ。楊暁が箱の中にいる時も私の傍にいてくれたというのは誠か?」

「はいっ! 俺はずっと、雨燕様の近くにいました! 生まれ変わられた後も、雨燕様を見つけて、ずっとお傍にいたんです! 離れていません! …おい、伝えろよ」

雨燕に尋ねられた覚は嬉々として答え、哲に伝言を頼む。哲から伝え聞いた雨燕は、笑みを深くした。

「なんと忠義深い。お前には長い間世話になっているから、褒美の一つも取らせたいと思うが、姿が見えないのでは難しいな」

「大丈夫です、雨燕さま。この者は能力者ですから、恐らく、一度この者を介して手を繋げば、雨燕様にも俺のことが見えるようになると思います。楊暁の時がそうでしたから」

先ほどと同様に哲が覚の言葉を伝える。雨燕は「では」と言って、優美な長い指で楽器を奏でるような仕草を見せながら、手を挙げた。

「そうするとしよう」

「雨燕様っ…ありがたきしあわせ！」

「…いいんですか？」

大喜びする覚を見て、佑は心配そうに雨燕に尋ねる。厄介な事態を招くのではないかと気遣う佑に雨燕は微笑みを返し、覚と手を繋ぐよう、哲に指示する。

哲が言われた通りにすると、雨燕は自分の手を差し出す。哲を介して、覚と雨燕に繋がりができようとした時…。

「そうだ」

雨燕はふいに呟き、手を引っ込めた。期待に満ち溢れていた覚の顔が曇る。どうしたんですか？　と聞く哲に、雨燕は口元に笑みを滲ませたまま、確認した。

「そなたは覚に、なんでも望みを叶えてやると言われたのだよな？」

「…あ…はい。そういえば…そんなことを」

「覚。相違ないか？」

「確かに言いました。ちゃんと約束は守ります」

「約束は守るって言ってます」

「そうか。なら、いい。…なに、以前に聞いた話を思い出したのだ。妖怪は交わした約束を守らなければ、己に厄災が降りかかるという話をな。どうも、命を落とすらしい。そうなってしまっては、覚が可哀想《かわいそう》であろう」

「雨燕様…。なんてお優しい…」

可哀想と言われた覚は感動して、涙ぐんでさえいた。哲と佑は覚と雨燕の表情の差を目にして、神妙に沈黙する。雨燕の顔を見る限り、本気で可哀想と思っているようには見えないのだが。

「俺が楊暁に代わって雨燕様をお守りしますから！　ご安心ください」

「哲。覚にしかと望みを叶えてもらうのだぞ？」

「……はい」

雨燕に念を押された哲は、彼の思惑に気づき、息を呑む。覚は自分の望みを「なんでも」叶えなくてはいけないのだ。雨燕を見つめたまま深く頷いた哲は、覚に二言はないなと確かめた。

「もちろんだ。お前の望みをなんでも叶えてやる！」

「なんでもだな？」

「ああ！　早くしろ」

しつこいと苛つき、覚は哲を急かす。哲は左手で覚の手を握り、空いている右手を雨燕に差し出した。

「…いいですね？」

「ああ」

覚と雨燕が、哲を介して繋がる様子を、佑はじっと見つめる。すでに覚の姿が見えている佑と哲にはなんら変化は感じられなかったが、雨燕は微かに瞳を見開き、「ああ」と溜め息に似た声を漏らした。

「そこにいたのか。覚」

「雨燕様…っ！　俺のことが見えるんですね？　よかった！　これで、雨燕様のお役に立てます！　声も聞こえますよね？　よかった！」

狂喜乱舞して小躍りする覚を横目に、雨燕はそれまで浮かべていた笑みを消し、冷たい表情で哲を呼ぶ。

「哲」

哲は無言で頷き、覚に約束を守るよう促した。

「今度はお前が俺の願いを叶える番だ」

「わかってる、わかってる。何が望みだ？　金か？　命か？」

「楊暁を人間に戻してくれ」

「…‼⁉」

人間の望みなど、金持ちになりたいか、長生きしたいか、そのくらいのことだろうと高をくっていた覚は、哲が口にした望みを聞いて硬直した。目をまん丸にして、固まったままの覚に、雨燕が約束を守るよう詰め寄る。

「覚よ。望みをなんでも叶えると言ったのは、お前だ」

「し、しかし…っ、楊暁は…」

「俺はお前の頼みを聞いたんだから、約束は守れよ」

「だ、だが…どうしてお前が楊暁を人間になどと望むのだ…？　そんなことよりも、もっと他に……。……‼　まさか……、雨燕様と結託して俺を嵌めたのか⁉」

ようやく雨燕の策略に気づいた覚が顔を青ざめさせると同時に、それまで姿を消していた楊暁が姿を現した。厳しい表情を浮かべ、覚の前に立ちはだかる。

「俺を人間に戻せるんだな？　戻せないのなら、お前は無理だと言うはずだからな」

「っ…くっ」

「覚。守らねば…厄災が降りかかるぞ」

凛《りん》とした雨燕の声が聞こえると、覚は小さく身を震わせた。凄《すさ》まじい形相で楊暁を睨みつけ、ぎりぎりと歯ぎしりする。楊暁も覚も瞬きすらせず、睨み合っている様子を、佑と哲は息を呑んで見守っていた。

覚が厭だと拒否して逃げ出したらどうするのだろう。もう覚の願いは叶えてしまったのだし、交換条件は他にない。二度と捕まえられないのではないか。

そんな恐れを抱いていたものの、しばらくして、覚はものすごく悔しそうな顔で「わかった」と了承した。

「約束は守る…」

渋々呟いた覚が、楊暁に向かって手を翳《かざ》す。誰にもわからない言語の呪文を小さく唱えると、幽霊の楊暁は覚の掌に勢いよく吸い込まれていった。

「……」

「楊暁…！」

「おいおい…」

雨燕も、哲も佑も揃って鋭い目つきで覚を見る。楊暁はどこへ消えたのか。人間に戻すという約束を無視し、まさか裏切ったのかと、雨燕が覚を叱責しようとすると。

「雨燕様…！」

「‼」

その背後に楊暁が立っていた。驚いて振り返り立ち上がった雨燕は、高い声を上げて楊暁に抱きつく。

「楊暁！　…よかった…。戻ったのだな？」

雨燕は幽霊の楊暁が見えず、佑の身体を乗っ取った形でしか、会っていなかった。楊暁自身の姿を見るのは、彼が箱に封印されて以来…百五十年振りだった。喜んで抱き合う二人を苦々しく見て、覚は吐き捨てる。

「願いは叶えたからな！　俺のことは二度と呼ぶなよ！」

哲に手伝わせて雨燕が自分を見えるようにし、箱の中に閉じ込められた楊暁に取って代わろうという計画が失敗し、覚は飛んで逃げていく。あっという間に覚の姿が見えなくなると、哲は心配そうに雨燕と楊暁に聞いた。

「行っちゃいましたけど…いいんですか？」

「大丈夫だ。人間に戻れたのだから、呼ぶことができる。助かったぞ、哲。感謝する」

「いいえ。思いついたのは雨燕さんですから」

「お前の望みを奪ってしまって悪かったな。私にできることならなんでもするぞ。願いはないか？」

哲が覚の頼みを聞こうとしたのは、まとわりついて欲しくなかったからで、望みを叶えてもらおうとは思っていなかった。とんでもないと遠慮する哲に、雨燕はまた思いついたら知らせに来るといいと告げた。

　そして、誰よりもほっとしていたのは佑だ。これで…ようやく、楊暁に身体を乗っ取られる心配がなくなった。

「迷惑をかけたな。また改めて、礼に行く」

「来なくていい。できれば、もう会いたくない」

　にやりと笑って詫びる楊暁に、佑は真面目な顔で本音を告げる。楊暁は人間に戻ったというが、彼らの話を信じるのであれば、千年近く生まれ変わり続けているのだ。そんな奇妙な奴らとこれ以上関わり合いたくはない。

　俺たちのことは忘れて、二人でしあわせに暮らしてくれ。そう言う佑に、雨燕と楊暁は寄り添って「もちろんだ」と答えた。去っていく二人を見送りながら、哲は佑に素朴な感想を伝える。

「雨燕さんもぶっ飛んでるけど、楊暁が現代に馴染《なじ》めるか、心配だな」

「大丈夫だろ。人間に戻ったとか言ってるけど、あれも妖怪みたいなもんだ。普通の生活はしな……まさか、あれも幽霊で…俺たちしか見えてないってことは…」

「ないよ。ほら」

　哲が指さす先を見れば、二人と擦れ違った通行人が、驚いた顔で二度見している。尋常ならざる美しさの雨燕だけでも目立つが、長髪の時代がかった格好の楊暁は衣装を身につけた俳優のようだ。何事かと訝るのは無理もない。

「とにかく…俺はあいつらには二度と関わらないぞ」

「その方が賢明だね」

佑の決心に同意し、哲は家に帰ると言う。

「おじさんは？」

「俺も帰って、着替えてから仕事に行く」

雨燕の屋敷を出たところで、今日も休むと連絡を入れたが、今から出社すれば午後からのアポイントは入れられる。哲と並んで歩きながら、佑は千倉に連絡を入れ、段取りを組むように頼んだ。

佑が電話を終えたところで、哲は「おじさん」と呼びかけた。

「先生のことなんだけど…」

「……」

どうして別れたのかと聞かれたのを思い出し、佑は身構えた。哲に聞かせられる理由じゃない。自分に自信がなかったなんて、到底理解されないだろう。沈黙する佑に、哲は百瀬と会うように勧めた。

「おじさんがどう思ってるのかはわからないけど、先生はおじさんに会いたくてうちまで来たと思うんだ。涙を浮かべてたのも…上手に気持ちの整理とか、そういうのができてな

いんじゃないかと思ってさ。だから、一度、話してあげなよ」

「……」

「おじさんの都合で別れたなら、責任あると思うよ」

まだ高校生の哲に、窘められている現実をしかと受け止め、佑は無言で頷く。それでも、百瀬に会って何を話せばいいのかは、思いつかなかった。


初めて本気で人を好きになったのは、高二の時だった。叶うはずがないと最初から諦めていた想いが通じた時は嬉しくて、毎日が楽しくて仕方がなかった。

誰にも話せない秘密の恋に夢中になって、ずっと一緒にいるにはどうしたらいいかをひたすら考えるようになった。相手の立場とか本心とかは見えなくて、喜んでくれると信じて贈った選択肢を、最悪の形で拒絶された。

百瀬との日々は、最初の恋とは違うものだった。熱に浮かされるような恋は二度としないと、自分を制御していたせいもある。胸が高鳴るようなどきどき感はなかったけれど、穏やかで優しい時間は、それまで味わったことのないしあわせだった。

百瀬は自分とずっと一緒にいたいと思ってくれているのかもしれない。そんな考えが頭を過《よ》ぎった頃、百瀬が女性と親しげに寄り添って写っている写真を見つけた。

違う形のしあわせを百瀬が選択できるという事実は、過去の悲劇を佑に思い出させた。その上。

あれは仕事帰りに百瀬の部屋に寄って、夕食を食べた後に、テレビを見ていた時だった。よくある旅バラエティの番組で、旬を過ぎた女優がお笑い芸人と地方の観光地を巡っていた。その中で鄙《ひな》びた遊園地の観覧車に乗る場面があり、百瀬に乗ったことはあるかと聞かれた。

いつか同じような会話をした覚えがあるなと思いながら、「ない」と答えた。

「僕もないんだよね。高いところって苦手で」

「高所恐怖症なんだ？」

「好きじゃないって程度だけど。…でも、横浜《よこはま》の」

「ああ。有名なやつ？」

「あれには一度でいいから乗ってみたいなあ」

憧れを込めて呟き、テレビを見つめる百瀬を眺めていたら、消えかけていた記憶が戻ってきた。同じように「観覧車に乗ってみたい」と言うのを聞いたことがある。

一緒に乗りに行こう。絶対に行こう。前のめりになって約束した自分がまざまざと蘇り、なんとも言い難い、複雑な気持ちになった。

百瀬から、一緒に行きたい、行こうと、具体的に求められたわけじゃない。けれど、百瀬は自分と観覧車に乗る場面を想像しているに違いなくて、「今度行こう」と言えば、喜んで頷くはずだと思った。

そうやって二人の思い出を増やしたいと…百瀬はこの先もずっと思ってくれるのだろうか。必要のない不安を抱いてしまうのは、過去の悲劇が影響を及ぼしていたからだ。

誰も知らないところへ行って、二人だけで新しい生活を始めよう。ずっと一緒にいるためにはそうするしかない。若かった自分は、本気でそれが叶うと思っていた。

相手も、そう思ってくれていると、心から信じて疑わなかった。

今は自分の存在を望んでくれている百瀬だって、いつか、突然変わるかもしれない。自分はまたあの時と同じように、気づけないまま、傷つくのかもしれない。百瀬も建設的な未来を選ぶのかもしれない。

深く傷つけられた悲しい恋の後、本気で誰かを好きになったことはなかった。相手も軽いつき合いのできるタイプを選んだ。でも、百瀬はそういう相手とは違っていて、気軽に始められたわけじゃなかった。百瀬が高校の教師だと知っていたから、余計だ。

ほとんど一目惚れで、だからこそ、百瀬が自分の想いに応えてくれたのが嬉しかった。

それなのに。

勝手に怯えて、百瀬の気持ちを無視したまま、自分勝手に終わらせてしまった自分を、許してくれるはずがない。

休んだ遅れを取り戻すためにアポイントを取り直し、滝口に任せた案件を見直して、溜まっていたメールのチェック、社内会議などであっという間に時間は過ぎた。夜には以前から予定されていた会食つきの内見が入っており、滝口一人に任せなくて済んだのにほっとしつつ、十時過ぎまで接待に注力した。

会食先から帰っていく得意客を見送ると、滝口がほっとしたと零す。

「よかったですよ。朝永さんが来てくれて。今日も休みだって話だったんで、どうしようかと困ってたんです。この調子で、楠本さんの方もお願いします」

「お前になんとかしろって言っておいただろ？」

「楠本さん、相手にしてくれなくて。思うんですけど、楠本さんって朝永さんが好きだと思うんですよ。あ、三浦《みうら》さんも」

「馬鹿」

好きとか嫌いとかじゃなく、お前が役に立たないからだ。厳しく注意しようかと思ったが、この数日、振り回されていたせいで、体力ゲージがゼロに近い。

「俺はこれで帰るから。さっき話に出た資料、月曜までに作っておけよ」

「了解です」

お疲れ様でしたと滝口に見送られ、佑はタクシーを捕まえる。乗り込んだ車内で自宅の住所を告げてから、シートに深くもたれかかった。

考えなくてはいけない用件が山ほどあるのに、目を閉じて浮かんできたのは、百瀬の顔だった。百瀬と話をするよう哲に言われたが、会って何を言えばいいのかなんて思いつかない。

仕事が忙しいし、そんな余裕はないなと思って、苦笑する。そんなの、言い訳だ。十年前と同じで、勝手に怖がって、逃げているだけだ。成長のない自分にうんざりしていると、運転手から道を聞かれる。次の信号を右ですかという問いに答え、曲がったところで停めてもらえればいいと続けた。

タクシーが停まると支払いを済ませて降りる。哲はまだ起きてるだろうか。そんなことを考えて、マンションへ向かいかけた佑は、すぐに足を止めた。

「……」

エントランスへ続く入り口の前に、百瀬が立っていた。驚いて走り出した佑は、自分に気がついた百瀬に、何してるんだと尋ねようとして、口を閉じる。

聞く必要などない。百瀬は自分に会いに来たに決まってる。

「……」

「…ごめん」

目の前で立ち止まった佑に、百瀬は戸惑いを浮かべて詫びた。謝らなくていいから。そう口にすることができず、沈黙したままの佑に、百瀬は躊躇いがちに続ける。

「話したいことがあって…迷惑かけるつもりはなかったんだけど…」

萎縮している百瀬が可哀想で、構わないと伝えるために、佑は首を横に振った。佑は深く息を吐き、自分も話したかったと告げる。

「いつ、来たんだ?」

「…ちょっと前」

それは嘘っぽかったが、追及せずに「そうか」と相槌を打つ。部屋に上がるかと聞こうとして、哲がいるのを思い出す。

「うちは…哲がいるから、飯は…?」

「食べた」

「じゃ…お茶でも」

どこか店に入ろうと誘って、佑は歩き始める。百瀬はその横に並び、土曜なのに仕事に行っていたのかと尋ねた。

「土日休みじゃないんだ」

「不動産会社でも、前とは違うんだよね?」

「ああ。分譲マンションを売ってるから…」

「だから、あんなに高そうなマンションに？」

最初に訪ねた時、驚いたと言う百瀬に、事情があるのだと話す。

「客から預かってるというか…、色々事情があって、投資目的に購入された物件を安く借りてるんだ」

でなきゃ、いくらマンション販売を仕事にしているからといって、あんな高級物件には住めない。真面目な顔で説明して、本当は数億する部屋なのだと教える。

「借りたら月三桁《けた》だ」

「そんなに？」

目を丸くして驚く百瀬の顔を、佑はじっと見つめる。百瀬はちっとも変わっていない。顔も声も、穏やかな雰囲気も。

百瀬の目に自分はどう映っているのだろう。歳を取ったと思っているだろうか。どうせなら、いっそ、おじさんになって冴《さ》えなくなったと思ってくれればいい。自虐的な思いを抱いて、今はどこに住んでいるのかと尋ねる。

「駅の西側の方で…ワンルームの普通のマンションだよ」

「大丈夫か？」

佑が反射的にそう聞いたのは、出会った時を思い出したからだ。百瀬は隣人トラブルに遭い、引っ越し先を探していた。線が細く、優しげな顔立ちの百瀬は、舐《な》められがちだ。

心配する佑に、百瀬は笑って頷く。

「大丈夫。前みたいなトラブルはないから」

「そうか」

ほっとして、佑は視線を百瀬から街へ移す。お茶でもと言ったが、どこへ行こう。遅くまで開いている店は。

記憶から店を探していた佑は、百瀬に見られている気配を感じて、横を向いた。目が合うと、百瀬は慌てて顔を背ける。

「なに?」

「…ごめん」

「……」

謝られて、嘆息する。謝らなきゃいけないのは自分だ。自分自身に苛ついて零した溜め息を、百瀬が気にしているのがわかり、違うのだと否定した。

「…ごめんって…言わなきゃいけないのは俺の方だ。この前は初対面の振りしたりして悪かった」

「それは…仕方ないよ。中江くんに知られるのは僕もまずかったし…。…でも」

すでに哲に知られてしまったのは佑もわかっている。あいつは誰にも言わないから心配しなくていい。佑の言葉に、百瀬は頷く。

「僕にも約束してくれたから。…中江くんは、佑が昔話してた甥っ子なんだよね？」

「そんな話したか？」

「ちらっと聞いただけだから」

佑が覚えてないのは当然だと言った後、百瀬は顔を曇らせた。表情の変化が気になり、

「どうした？」と尋ねる佑に、またしても詫びる。

「……」

何度も謝られると困惑するし、罪悪感が大きくなる。百瀬を詫びさせている原因は自分だ。横断歩道の信号が赤になったのを見て佑は立ち止まり、百瀬にどう言えばいいのか、言葉を探した。

けれど、思いつかずに思案したままでいると、隣に立つ百瀬が話し始める。

「…佑には大したことじゃないかもしれないんだけど…どうしても知りたくて」

「…何を？」

「まだ好きなのかって…なんで聞いたのか」

そんなことを聞いた覚えはなく、否定しようとした佑は、はっと思い出した。そうだ。自分の身体を乗っ取った楊暁が…。佑は青い顔で、誤解なのだと弁解した。

「あれは…その、…じゃなくて…」

取り憑いていた幽霊が勝手にと説明したところで、不審がられるだけだ。百瀬に余計な

心配をかけかねない。言葉に詰まる佑を、百瀬はじっと見つめる。

「佑は…あの綺麗な人とつき合ってるんだろ？　なのに、僕にあんなこと聞いたのは…迷惑に思ってるからかなって」

「ちが…っ…」

「僕は…邪魔するつもりないし、中江くんの担任でいる間は…色々絡んだりするかもしれないけど、迷惑かけたりしないから」

安心して欲しい。そう伝えに来たと言う百瀬の横で、佑は力なく首を横に振る。違う。誤解だ。雨燕とつき合ってなんかいない。

自分は…。

「……」

雨燕に同じことを言われた。まだ好きなのか。それに自分は否定しなかった。まだ、じゃない。百瀬を嫌いになって別れたわけじゃない。

ずっと好きだった。

「…モモ」

小さく呼びかけた声は、青信号になったのを見て歩き始めた百瀬に届かなかった。遅れて歩き出した佑は、溜め息を呑み込んで、少し前にある百瀬の背中を見つめる。今更何を言おうとしているのか。

また同じことを繰り返すだけかもしれないのに。不用意な発言をしそうになった自分を反省し、横断歩道を渡り切ったところで、佑は立ち止まった。それに気づいて振り返った百瀬に、他にまだ話すことがあるのか確認する。

「…ううん」

「そうか」

「佑は？」

「俺も…謝りたかっただけだから」

もういい。ちょうどいい店も見つからないし、お互い用が済んだのなら、ここで別れよう。事務的に伝える佑を、百瀬はしばし見つめた後、頷いた。

「じゃ…、あっちだから」

「ああ」

「こんなとこまで連れてきちゃって、ごめん」

「いや。誘ったのは俺だ」

気をつけてと言う佑に小さく頭を下げ、百瀬は背を向ける。その姿が見えなくなるまで、佑は立ち尽くしていた。

見たこともないほどの麗人と佑が連れ立って去っていくのを見て、百瀬は今度こそ諦めようと決心した。今までずるずる引きずっていたのは、佑の心に自分が少しでも残っていたら復縁もあり得るのではという期待が消えていなかったからだ。

会っていなかったせいで膨らんだ妄想は、独り善《ひとよ》がりのものだった。現実の佑には、自分など足下にも及ばない美しい恋人がいた。佑のためにも、自分のためにも。きっぱり忘れなくてはいけない。

そう決めて、最後だと自分に言い聞かせて、百瀬は佑のマンションを訪ねた。未練がましく縋るつもりはなく、佑からまだ好きなのかと確認されたのがどうしても気になっていた。迷惑をかけたりしないと、伝えたかった。

マンションの前で二時間以上待って、ようやく帰宅した佑に会うことができた。並んで歩いて話しているだけで、昔を思い出して錯覚しそうになったけれど、ぐっと自分を戒めた。佑と別れ、自宅へ向かって歩きながらも、涙が溢れて止まらなかった。

貴重な休みを泣いて過ごし、迎えた月曜日。目の腫《は》れを気にしながら出勤した百瀬は、教室にいた哲を、それとなく見ないようにしていた。生徒に対して取るべき態度ではなく、普通にしようと心がけたが、なかなかうまくいかなかった。

逆に哲の方は百瀬を心配して、話しかけるタイミングを窺っているようだった。向けられる視線に気づかない振りをして、ようやく一日が終わり、百瀬はそそくさと職員室へ逃げ帰った。

明日からは普通にしよう。哲に申し訳ないし、佑との関係はとうに終わっている。自分自身に言い聞かせて、提出された課題のチェックを始めかけた時。

「先生」

「‼」

ふいに哲の声が聞こえ、百瀬は椅子から飛び上がる。

「すみません。驚かせて」

「い、いや。…何か？」

「話があるんです」

真剣な表情の哲を、百瀬は冷や汗が滲む思いで見返す。哲の話は…佑に関係する内容に違いない。職員室ではとても聞けないし、もう少し、時間も欲しい。

「…明日じゃ駄目かな。今日はちょっと忙しくて」

「今から、お願いします」

「……」

引き下がるつもりはない様子の哲に戸惑いながら、百瀬は仕方なく立ち上がった。場所を変えようと提案する百瀬に、哲は頷いて、一緒に来て欲しいと言った。

「どこへ？」

「こっちです」

哲に促されるままついていくと、校舎の外へ出るので、外履きに替えて欲しいと言われた。授業は終わっているが、教室にはまだ残っている生徒もいるだろうし、話の内容が内容だからかと理解する。

職員用の玄関で靴を履き替えて外へ出る。先回りして待っていた哲に、どこで話すつもりなのか聞こうとすると、その前に歩き出されてしまう。

「中江くん…」

哲は真っ直ぐ正門へ向かい、迷わず外へ出た。慌てて追いかけた百瀬が、「中江くん」ともう一度呼びかけると。

「……」

正門に続くフェンス沿いに、哲は二人の男と共に立っていた。見覚えのある麗人と、彼にぴたりと寄り添う背の高い男。忘れもしない、佑と去っていった麗人が、百瀬を見て艶《えん》美《び》な笑みを浮かべる。顔を強張らせる百瀬に、哲が二人を紹介した。

「雨燕さんと楊暁です。二人が…先生にどうしても話したいことがあるというので」

聞いてあげてくださいと頼む哲に、百瀬は何も言えなかった。佑の恋人がどうして自分に会いに来たのか。もしや、佑に会わないよう、言いに来たのか。

それならば大丈夫だ。もう会う気は…ない。

「佑に会ったか？」

先にそう確認してきたのは、哲が「楊暁」と紹介した男だった。「雨燕」というらしい佑の恋人と、どういう関係なのかわからず、百瀬は返事を迷う。昨夜佑に会ったのは、今後迷惑をかけたりしないと伝えるためであって、邪な思いからではない。

百瀬は雨燕の方を見て、自分の意思を伝えた。

「話したいことがあったので会いましたが…お二人の邪魔をするつもりはありませんので、安心してください」

「邪魔？　二人というのは誰のことだ？」

「佑と…あなたです」

仲睦まじく去っていった二人を思い出すと、今でも切なくなるが、もう断ち切ろうと決めた。真っ直ぐに雨燕を見て答える百瀬に、楊暁が眉を顰める。

「何を言ってる。雨燕様は…」

「待て。この者は誤解しているのだ」

「誤解？」

「私と佑は無関係だ。いや、関係がないわけではないのだが、少なくとも、お前が思っているような間柄ではない。私の愛人は楊暁だけだ」

雨燕が笑みを浮かべたまま口にした内容を、百瀬はすぐに理解できなかった。関係がないわけではない…。愛人は楊暁だけ…。

混乱する百瀬に、楊暁がはっきり言い切った。

「佑が好きなのはお前だ」

「……」

雨燕を見つめていた百瀬は、楊暁に視線を移して目を見開く。雨燕の愛人だという楊暁が、なぜそんなことを言うのか。ますます困惑する百瀬に、楊暁は滔々と佑の気持ちを伝える。

「初めてお前を見た時に可愛いと思い、部屋を紹介している間に好きになったのだ。一度目では部屋が決まらず、それきりで会えないのを残念に思ったが、お前が再度訪れたのを喜んだ。その上、自分を意識しているような気配を察し、咄嗟に口づけてしまった。それをお前が厭がらなかったから、さらに愛おしくなった。先に好きになったのは佑の方だ」

「…⁉」

　楊暁が話す内容は百瀬にとっては覚えのあるものだったが、どうして知っているのかと驚く。自分にさえ、はっきり気持ちを伝えなかった佑が、ここまで赤裸々に自分の思いを話したのが信じられない。

　楊暁と佑はどういう関係なのだろう。佑の友達…のようには見えないのだが。訝しく思いながらも、楊暁が話す内容が気になって、百瀬は耳を傾けた。

「お前とつき合っている間、佑はしあわせだった。だが、あいつには厄介な過去があってな。そのせいであいつは後ろ向きな考え方しかできないようになっているんだ」

「過去…？」

「高校の時、教師と駆け落ちしようとして、相手に裏切られたんだ」

　楊暁がさらりと口にした内容は、百瀬だけでなく、その場にいた全員を驚かせた。

「駆け落ちっ⁉　おじさんが？」

「誠か」

「教師とって…ほ…本当なんですか？」

　佑を知る誰もが…知っている人間なら尚更…信じ難く思う内容だ。困惑して確認する百瀬に、楊暁は佑の記憶から読んだ経緯を説明する。

「恋仲になった教師と一緒に暮らすために違う土地へ行こうと、佑は駆け落ちを計画したんだ。だが、教師の方には婚約者がいたんだ」

「婚約者って……佑は知らなかったんですか？」

「逃げる準備をして、教師を連れ出して、いざ行こうという時になって告白された。それまで、あいつはまったく気づいていなかったのだ。自宅に残した書き置きが見つかり大騒ぎになって…教師と駆け落ちというだけでなく、相手が男だったのもあって、口さがない噂が広まり、高校を辞めざるを得なくなったのだ」

「そんな…」

「マジで…？　おじさんが高校中退してるってのは聞いてたけど、そんな理由だったなんて…」

姉だった母が触れたがらなかったのも納得の内容だ。神妙な顔つきで頷いた哲は、「でも」と続ける。

「婚約者っていうことは…その教師は女の人ともつき合ってたってことですか」

「親に勧められた縁談を断り切れなかったらしい。だが、佑を選ぶこともできなかった。…それが百瀬との別れにも影響したんだ。百瀬も同じなのであろう？」

「…なんの話ですか？」

「百瀬が女と親しげに撮った写真を部屋で見つけ、あいつはショックを受けたようだ」

楊暁の話を聞いた百瀬は、怪訝《けげん》そうな表情を浮かべる。女と親しげに撮った写真と言われても心当たりはなく、困惑して聞き返そうとしたところ、はっと思いついた。

もしかして…と小さな声で呟く。

「あの写真のことかな…。でも…あれは……。誤解です。僕は…その、女の人とは…」

「それに、観覧車だ」

言葉に詰まる百瀬に、楊暁はきっかけとなった出来事をつけ加えた。百瀬は写真の説明をできないまま、楊暁をじっと見つめる。

「百瀬が観覧車に乗りたいと言うのを聞いて、昔のことを思い出したんだ。駆け落ちしようとした教師も、同じ望みを持っていて、佑はその願いを叶えたいと思っていた。だが、叶えられず別れる羽目になり…」

「なるほど。百瀬とも同じ結果になるのではないかと恐れたのだな」

「さすが、雨燕様。ご明察です」

謎が解けたとばかりに手を叩く雨燕を、楊暁は褒め称える。哲も感心したように頷いていたが、百瀬は釈然としなかった。観覧車の話はなんとなく覚えがあるけれど、乗りに連れていってくれとねだったような記憶はない。

写真のことだって、誤解だ。自分は佑に一つも嘘はついていなかった。ただ、一緒にいられるだけでしあわせで…。

「百瀬。あいつはお前が考えているよりも遙かに…ずっと、後ろ向きで女々しくて意気地のない男だぞ」

「……」

断言する楊暁に百瀬はどう返せばいいかわからず、言葉を失う。後ろ向きとか女々しいとか…百瀬が知る佑からはかけ離れた形容だ。

けれど、過去の悲恋が自分との別れの原因なのだとしたら…。

「ただ、お前を想っていた気持ちは本物だ。初めて会った時に高校の教師だと聞いていたから、好きにならないように気をつけていたのに、無理だった。一目惚れってやつだったしな。お前のことが忘れられず…想いが叶ってからはずっとしあわせだった。だが、しあわせな分だけ、不安も大きくなっていったんだ。あの時のように…百瀬からも突然別れを切り出されるんじゃないか…、自分は…また捨てられるんじゃないかってな」

「そんな……別れを切り出されたのは僕の方で…」

「ああ。だからこそ、あいつは後悔して…二度と、お前に合わせる顔はないと思っていたんだ。お前に再会できたのが嬉しくても、絶対、口にはできないと思っている」

楊暁が「再会できたのが嬉しい」と口にしたのに、百瀬はどきりとした。佑は本当に、そう思ってくれたのだろうか。

ならば。

「…佑は…まだ、僕のことを…」

好きでいてくれるのかと、震える声で確認する百瀬に、楊暁は大きく頷いた。当然だろう…という表情に、胸のどきどきが大きくなる。

「お前のことが忘れられないまま、この十年、誰ともつき合っていない。まあ、仕事が忙しくてそんな暇もなかったという事情もあるんだろうが…。…でもな、百瀬」

「はい?」

「賭けてもいい。あいつから復縁を持ちかけることはぜっっったいにない!」

「……」

張りのある声でびしっと言い切られ、百瀬は唖然《あぜん》とする。横で話を聞いていた哲は、苦笑いを滲ませ、楊暁にそこまで断言できる理由は何かと尋ねた。

「俺はあいつだったからな。わかるんだ。あいつはとことん、臆病な男だ」

「臆病って…。普段のおじさんからは遠い感じですけど」

哲の言う通りだと思い、百瀬は頷いた。佑はいつだって飄々《ひょうひょう》としていて、恐れや怯えなどには無縁そうに見えるのに。

「いや。断言できる。百瀬の方からなんとかしない限り、あいつが動くことはない。つまりお前たちは平行線のままだ」

いいのか…と真剣な顔で言われ、百瀬は息を呑む。自分からなんとかしなくては…。佑が…自分を迷惑に思っているのではなく、まだ好きでいてくれるのならば…。

自分の行動次第で、未来を変えられるのならば。

「僕は……」

この際、すべての迷いは捨てて、行動してみるしかないのか。百瀬は大きく息を吸い、三人に頭を下げて、職員室へ駆け戻った。

佑に電話して、すぐに会いたいと伝えよう。すぐは無理だと言われても、可能な限り、早く、会いたいと粘ろう。楊暁から言われた、自分が動かなくては平行線のままだという言葉が、胸の真ん中にぶっ刺さっていた。


職員室の机からスマホを持ち出し、人気のない場所で電話をかけた。呼び出し音が続き、諦めかけた時、佑の声が聞こえた。

『…はい?』

「僕だけど…」

『モモ……?』

名乗らずともすぐにわかった佑は、戸惑っているような声で「どうした?」と聞く。百瀬は息を深く吸い、今から会えないかと尋ねた。

『今からって…もしかして、哲に何か…』

「違う。中江くんは関係ないんだ。僕が…佑に会いたくて」

『……』

「会って、話したいことがある」

土曜の夜に迷惑をかけるつもりはないと伝えたばかりだ。それなのに、仕事中に会いたいと電話した自分を、佑はどう思ってるだろう。困らせているに違いない。挫《くじ》けそうになったが、楊暁の言葉を脳内で繰り返し、気持ちを強く持って待っていると、「わかった」という返事があった。

『ただ…すぐには抜けられないから、…一時間後でもいいか？』

「わかった」

『じゃ、どこかで待ち合わせ…』

「うちに来てくれるかな。メールで住所送っておくから」

『え…』

佑が何か言う前に百瀬は「待ってる」と言って通話を切る。迷いが出る前にスマホを手早く操作してメールを打った。住所だけの短い文面を送信してから職員室へ戻って帰り支度をし、所用で早退する旨を同僚に伝える。

勤務先から自宅まで、徒歩で十五分ほどの道程を足早に歩く。自宅に着くと、落ち込んで自堕落に過ごしたせいで、散らかっていた部屋を掃除しながら、気持ちを落ち着けた。人目を憚《はばか》らずに話せる場所の方がいいと思い、自宅を指定した。佑の家には哲がいる。

だから、自分の部屋に来てくれと頼んだのだが、佑は面倒に思っただろうか。本当に来てくれるだろうか。

時間が経つにつれて弱気になってきて、楊暁から聞いた話で勇気づけられたはずの心が萎《しぼ》んでいく。佑が臆病だと楊暁は言ったけれど、つき合っている間、そんなふうに感じたことは一度もなかった。

佑は…自分の傍にいる時の佑は、いつもリラックスした表情でいた。明確な言葉を…好きだとか、愛してるとか、そんな甘い告白をくれたことはない。それでも、なんでもない時間を一緒に過ごしているだけで、愛されているのだと実感できていた。

佑から突然別れを告げられた時、理由がわからず戸惑った。それまで愛情が冷めたり、距離を取られたりという予兆を感じたことはなかった。どうして。何が悪かったのか。新しく自分よりも好きな人ができたのか。

そんな問いへの答えは貰えないまま、会えなくなって、十年。

「……！」

玄関先に座り込んでいた百瀬は、掌に握り締めていたスマホに着信が入ったのに驚く。慌てて出ると、相手は佑だった。

『俺。下にいるんだけど…』

「開けるよ」

立ち上がり、キッチンにあるインターフォンからオートロックを解除する。玄関へ戻り、ドアの鍵を外すと、チャイムが鳴るのを待った。

十年という月日は短くない。その間、佑よりも好きになれる人に出会えず、ずっと一人だった自分を恥ずかしく思ったりもした。でも、楊暁の言葉を信じるなら、佑も同じだったらしい。

自分のことを好きでいてくれたからなんて、都合のいい解釈をするつもりはない。けれど、もしもそれが本当なら。

「…」

チャイムよりも先に聞こえた足音に反応する。待ち切れずにドアを開けると、驚いた顔で佑が立っていた。

「…モモ…」

大きく息を吸った百瀬は、佑の腕を摑んで力任せに玄関へと引き込む。バランスを崩しかけた佑の首に抱きつき、ドアを閉めて、ぎゅっと腕に力を込めた。

「モモ⁉　ど…うした…」

「僕のことがまだ好きなら、もう一度、つき合って欲しい」

「……」

「僕は佑が好きだから。十年経っても、まだ好きなんだ」

必死で伝えた正直な気持ちを、佑がどう思うかわからなくて、声が震える。恐怖を消すために、楊暁から受けた忠告を頭の中で繰り返す。自分からなんとかしなくては平行線のままだと、楊暁は断言した。

だとしたら。拒否されたとしても、平行線のままよりはずっといい。

「……」

強く心を決めて、抱きついていた身体を離す。困惑した顔で自分を見ている佑に、百瀬はそっと口づける。

あの時、キスしてきたのは佑の方だった。けれど、今度は自ら唇を重ねて想いを伝える。震えてしまわないよう意識しながら、口づけを解くと、佑の首にしがみつく。

肩に顔を埋めて、零れそうな涙を抑えて、返事を待った。

「……」

ごめんと謝られたらどうしよう。無理だと言われたら？　押し潰されそうな不安の中で、腰に佑の手が添えられたのがわかって、心臓がどきんとする。

佑にぎゅっと抱き締められ、堪えていた涙が百瀬の瞳から溢れ出す。

「モモ……どうして…？」

耳元で聞こえた佑の問いかけはもっともで、百瀬は小さく息を吸う。自ら会いに行き、迷惑かけたりしないと告げたのは一昨日のことだ。短い間に心変わりしたのを、佑が不思議に思うのは無理もない。

百瀬はしがみついていた腕を緩め、佑の頰に手を添えて、額を合わせる。祈るような気持ちで、楊暁から聞いた言葉を伝えた。

「…佑が…今でも僕を好きでいてくれるって、聞いたんだ」

「……。誰から？」

「楊暁さんって人だ…。この前…佑が一緒にいた…あの綺麗な人…雨燕さんっていうみたいだけど、その人と一緒に会いに来て……」

「楊暁が…？」

楊暁の名前を聞いた佑は、顔を強張らせて神妙に繰り返す。間近にある瞳に困惑が混じるのを見て、百瀬は楊暁は友達なのかと尋ねた。

「佑のことを…色々知ってて…」

「…あいつから何を聞いたんだ？」

「…高校の時の話とか……、佑が僕と別れた理由とか。…この写真、覚えてる？」

そう言って、百瀬がポケットから取り出した写真を見た佑は、硬直した。百瀬が可愛らしい女性と親しげに頰を寄せ合って写っている。

以前、百瀬の部屋で偶然目にした写真に違いない。百瀬は違う形のしあわせを選べる人間なのだと思い、足下をすくわれるような感覚を味わった。裏切られた時の記憶が蘇り、また…という疑いを抱いた。

微かに眉を曇らせる佑に、百瀬ははっきり誤解だと告げる。

「楊暁さんから、佑は写真を見てショックを受けたって聞いたけど…誤解だよ。一緒に写ってるの、これ男だからね」

「え…？」

「大学の時の友達なんだけど、女の子の格好をするのが好きで…」

「え…？」

信じられない思いで、佑は百瀬の手から写真を奪い、まじまじと見つめる。どこからどう見ても女性にしか見えず、信じ難い気分だったが、百瀬が嘘を言うとは思えない。

本当に？　震えそうな声で聞く佑に、百瀬は頷く。

「佑がこの写真を見たって知らなかったし、誤解するなんて思ってもなかった。楊暁さんから聞いた話が本当なら…仕方なかったのかもしれないけど。佑がそんな辛い目に遭った過去があったなんて…全然知らなくて」

「……」

「僕は…佑をずっと好きだったよ。裏切るつもりなんて、全然なかった」

真剣に伝える百瀬を見つめていた佑は、深く息を吐き出して、目を閉じた。辛そうな顔に滲んだ後悔は、自分に対するものだと信じて、百瀬は息を吸う。

「佑が僕を嫌いになったんじゃなかったのなら…」

「それはない」

焦ったように否定してくれるのが嬉しく感じられる。百瀬は鼻の奥がつんとする感覚を堪え、震えそうな声で確認する。

「本当に……今でも、好き…？」

「……」

最後は聞き取れないほどの小ささになった問いかけに、佑は百瀬を強く抱き締めることで返事をする。モモ、ごめん。耳元で聞こえる、佑が自分を呼ぶ声だけで、十年という月日が溶けていくように感じられた。


繰り返し口づけて、お互いの気持ちを確かめ合う。言葉よりも触れたいという欲望が先立って、浅ましく思われるのではと恐れたが、佑の手の方が先を急いでいるように思えて、ほっとする。

「っ…ん……ふ」

佑は自分でネクタイを緩めて抜き取り、上着を落とす。部屋着に着替えていた百瀬のTシャツを捲《めく》り、脇腹から腰へと手を忍ばせていく。

なった。

「…モモ」

名前を呼ぶ声が欲情に濡れているのがわかって、百瀬は身体を小さく震わせる。抱きついた佑の首筋に顔を埋め、深く息を吸い込むと、懐かしい匂いがして、それだけで恍惚となった。

佑と抱き合っているという現実が、信じられなくて。

「ずっと……好きで、…佑以外、考えられなくて……」

佑も同じだったのなら、もっと早く、伝えていたらよかった。ちゃんと言葉で。自分には佑以上に好きになれる相手は、もう見つからないと。

最後の恋だったのだと、すっかり諦めたこともあったのに。

「ごめん…俺が…悪かった」

ごめんと何度も繰り返す佑に、百瀬は首を振って応える。佑は後悔していると言っていた楊暁の言葉は本当だった。辛かった日々を思い出すと涙が溢れるけれど、佑の唇がそれを含み取ってくれる。

愛おしげなキスが嬉しくて、百瀬はぎこちなく笑みを浮かべる。夢みたいだ。溜め息混じりの小さな声を佑は口づけで塞ぎ、抱き締めた百瀬の腰を支えて身体を持ち上げた。

「んっ…」

脚を佑の身体に絡ませてしがみつき、百瀬は佑を寝室へ誘導する。明かりの点っていない部屋は薄暗く、久々に抱き合う羞恥心をうまく消してくれた。

「……」

ベッドに落とされて仰向《あおむ》けの体勢で、シャツを脱ぐ佑の姿をぼんやり見つめる。佑と過ごした部屋から越した時、思い出も一緒に置いてきたつもりだった。

佑が見つけてくれた部屋で、何度も抱き合ったあの思い出を。

「…モモも脱いで」

覆い被さってきた佑が優しく言って、Tシャツに手をかける。裸になって抱き合うと、また涙が零れた。

「…泣かないでくれ」

「ごめん……」

「謝らなきゃいけないのは俺の方だ」

「もう…二度と…こんなこと、ないって思ってたから」

「モモ…」

嬉しくて涙が出てしまうのだと小さな声で言う百瀬を、佑は苦しそうな表情で見つめる。

「俺が悪かった」。真剣に詫びて、百瀬の唇に触れるだけのキスをして、彼の頭を抱えた。

「馬鹿な真似をしたって後悔したけど…やり直したところで、また同じことを繰り返すんじゃないかって…怖くて」

「楊暁さんが言ってたよ。佑は臆病だからって」

「あいつが…？」

「だから…僕がなんとかしなきゃいけないって」

それで勇気が出せたと言う百瀬に、佑は顔を歪めて「悪かった」と詫びる。すべては自分の情けなさが原因で、恥ずかしいと口にして、百瀬を抱き締めた。

「約束する。今度こそ、モモをしあわせにするって」

「…前もしあわせだったよ」

「ずっと、だ」

決意を込めた言葉をつけ加える佑の背に手を回し、百瀬は「うん」と掠れた声で頷いた。楊暁の勧めに従って正解だった。佑を待ってるだけだったら、本当の気持ちはわからないままだった。

「っ…ん…ふ……」

泣き明かした週末に、こんなふうに佑とキスするなんて、想像すらできなかった。会うことさえ、もうないと思っていた。

深く咬《か》み合いながら、胸や腹を撫でていた佑の手が腰へ下りていく。腰骨に触れた指が、するりと中心へ移動する。佑の匂いを嗅いだだけでも、腹の奥が痺れた。

裸になって抱き合っているのだから、熱くならないわけがない。

「…ん…っ」

優しく握る佑の手に反応し、鼻先から高い音が漏れ出す。ずっと発していなかった嬌声《きょうせい》が恥ずかしく思えて、頬が熱くなった。

同時に、掌で包まれているものがぴくりと動く。口づけを解いた佑に、耳元で「舐めたい」と囁かれると身体に震えが走った。

「…っ」

起き上がった佑は、迷いなく百瀬の股間に顔を埋める。勃《た》ち上がりかけたものを、佑の口に含まれると、百瀬は声を上げて身体を竦ませた。

「あっ…」

長い間遠ざかっていた感覚が、身体に蘇ってくる。激情で頭を埋められ、何も考えられなくなる。

理性を失う様が恥ずかしくて。それを一番見られたくない人に、見られてしまうのが、苦しくて。

「ん…あ……や…っ」

堪えようとしても溢れ出る甘い声が、薄暗い部屋を満たしていく。自分のものに舌を這わせている佑の髪を摑み、百瀬は困惑を伝えた。

「…だめ…、久しぶりだから……すぐに…」

達してしまいそうなので、加減して欲しいという百瀬の訴えを、佑は優しく無視する。舌と唇で育てた百瀬自身は、今にも破裂しそうに昂ぶっていて、煽《あお》るみたいに口内に含んで愛撫した。

「あっ…ん…」

指で支えたものを、唇と口腔《こうこう》を使って扱かれると、身体の奥がじんと痺れる。腰を動かしてしまいそうになって、百瀬は膝を曲げて力を込めた。足指をぎゅっと丸め、「佑」と掠れた声で呼ぶ。

「そんな…したら…っ…」

駄目だと制する声がうまく出せない。言葉が喉の奥で全部甘い吐息に変わってしまう。昂揚する自分の身体を持て余し、頭の中が真っ白になっていく。

佑に触れられるまで。こんな感覚はずっと忘れていた。佑としか味わえない快楽は、二度と味わうことはないものだと思っていた。

だから。

「ふ…は…っ…あ」

夢を見てるんじゃないかと疑いたくなるけれど、自分の身体は確かに熱くなっている。堪えられないほどに。

先端を唇で咥《くわ》えた佑が、指で強く扱き上げた刺激に反応し、百瀬のものが破裂する。切なげな声を上げ、身体を離そうとした百瀬の腰を強く押さえ、佑は屹立《きつりつ》しているものを根本まで咥え込んだ。

「や…っ…だ……っ」

震える声には涙が混じり、百瀬は足先まで強張らせる。欲望を放ったはずなのに、身体は熱いままで、じんじんと痺れていた。

佑に繰り返し抱かれ、何度も味わった快楽を、身体がしっかり覚えていたのがわかる。忘れようと決めて、甘い記憶は消したはずだったのに。忘れ切れていなかった自分を切なく思って、百瀬は「はあ」と息を吐いた。

佑が欲しい。身体が強く望んでるのを、躊躇いがちに伝える。

「佑……」

「…ん?」

濡れた口元を手の甲で拭きながら佑が顔を上げる。百瀬は起き上がり、佑の口元に唇を寄せて、下唇を緩く噛んだ。

肩に置いた手に力を込め、しなだれかかるようにして佑をベッドに押し倒す。佑の身体を跨いで彼の上に乗ると、硬くなっているものに触れた。

「いれたい」

自分の中を佑で埋めて欲しい。濡れた瞳でねだる百瀬に、佑は苦笑を返して、彼の口づけを受け止める。淫らに舌を動かす百瀬のしたいようにさせながら、自分の上に乗っている彼の尻を摑み、狭間《はざま》に指を這わせた。

「っ……ふ……」

「……ずっとしてないって？」

「ん……」

「自分でいじってもない？」

からかうような調子で耳元に囁きかけると、百瀬が頰を赤くする。小さく頭を揺らして頷いた百瀬が恥ずかしそうに目を伏せている様子を見つめながら、佑は指を動かして敏感な部分を弄《まさぐ》る。

「あ……っ……」

指先が触れただけで、孔《あな》がきゅっと締まる。佑は百瀬の耳殻を舌で嬲《なぶ》って、吐息を吹きかけて情欲を煽る。

「じゃ、きつくなってるな」

「んっ……」

「モモは…、誰かとしあわせになってるんだと思ってた」

ふいに佑が呟いた一言が、胸に刺さる。快楽で一色に染まっていた思考が乱れ、百瀬は躊躇いを浮かべた瞳を佑に向けた。

誰か、なんて。佑以外に、こんなことができる相手がいるわけがないのに。

「なんで……そんなこと、言うんだ？」

「モモ」

「なんで…」

佑の本心がわからなくて、どうしてと思う気持ちが、涙となって溢れる。じわりと滲み出た涙が雫となって落ちるのを見て、佑は顔を歪めた。

「ごめん。そうじゃなくて……モモにはしあわせになって欲しくて。俺じゃ、しあわせにできないと思ったから」

「馬鹿だな」

「…うん」

「楊暁さんが言ってたよ。佑は後ろ向きで女々しくて意気地なしだって」

「そこまで…？　あの野郎…」

「信じられなかったけど…僕が思ってた佑とは違うんだって、ちょっとわかった」

「モモ…」

不安そうな声色で名前を呼ぶ佑に、百瀬は覆い被さって唇を重ねる。自分が抱いている愛おしさすべてを伝えるために長いキスをして、佑の瞳を覗き込んだ。

「僕は…佑と一緒にいられるだけで十分なんだ。しあわせにしてもらいたいなんて思わない。特に何かして欲しいとか、そういうのはないから」

「……」

「佑がいてくれるだけで、いい」

そう言って、再び唇を重ねた百瀬の腕を掴み、佑は起き上がる。自分の上に百瀬を乗せたまま、向き合うような形で口づけを激しくする。

「ん…っ…」

百瀬の鼻先から甘い息が抜け、身体に熱さが戻る。滑らかな背中を撫でて、百瀬を抱き締めた佑は、彼の身体をベッドに横たえた。

細い脚を掴み、膝裏を持って大きく開かせる。恥部が露わになる体勢に、百瀬が息を呑む間もなく、佑は孔に舌を這わせた。

「っ…やっ」

思わず高い声を上げ、百瀬は脚を閉じようとする。しかし、佑の手から逃れられず、孔を解《ほぐ》す行為に翻弄された。

「あっ…んっ……だめ…、たすく…っ」

窄《すぼ》まった孔の付近を舐める舌が生み出す快感は、ダイレクトに身体に響く。鼓動が速くなり、思考が溶けていく。まだ残っている理性が、制止の言葉を口から紡ぐけれど、快楽を覚えている身体は、それに反して期待を示す。

再び硬さを増したものから液が滲む。腰を揺らめかせてしまわないのに必死で、顔を両手で覆う。

「っ…ふ……あ…っ」

次第に柔らかくなってきた入り口へ、佑が指を忍ばせる。少しずつ…慎重に。何も知らない、初めての身体じゃない。

「あ……んっ…」

悦びを思い出した身体が、佑の指を奥へと招き入れる。そっと窺うような動きが大胆なものへ変わっていくのに、時間はかからなかった。

もっと。確かなものが欲しい。

「は…あ…っ」

切ない思いで吐息を零すと、佑が身体を起こすのがわかった。顔を覆った手をどけられ、瞳を覗き込まれる。

「…狭くなってる…から」

「んっ…」

無理させたくないという佑の優しさは嬉しかったけれど、それよりも佑自身が欲しかった。どうなっても構わない…なんて、刹那的な思いを抱いて、百瀬は佑の背中に手を回して抱き締める。

耳元で。

「…して」

はっきりと望みを伝えると、佑がごくりと喉を動かすのがわかった。脚を抱えて大きく開かせようとする佑の手に身を任せる。

「…きつかったら言えよ」

「ん…っ」

心配する佑が愛おしくて、それだけで涙が零れそうだった。入り口に佑自身があてがわれる感触に身体が震える。焦ってしまいそうな自分を落ち着かせ、深く深呼吸して、佑を迎え入れようと努力する。

「はっ…んっ……ふ…」

「っ……」

「…あ……っ…」

互いの息遣いと身体を合わせる音だけが密やかに響く。慎重に時間をかけて入ってくる佑が、奥まで埋めてくれる感覚は、快楽を超えた至福を百瀬に与えた。

「たすく……」

涙が溢れて止まらず、抱きついた佑の肩を濡らす。こんなふうに抱かれる日が、またやってくるなんて。

「…はいった……けど…、…無理してないか?」

「ん…」

「…モモ」

「だい…じょぶ……」

泣いてるのは、ただ嬉しいからだと、途切れ途切れに伝える。佑と繋がれたのが夢みたいで。百瀬の告白を聞いた佑は顔を顰め、「ごめん」と詫びた。

「佑……」

「ん…?」

「こんど…、観覧車、乗りに行こう?」

「……」

百瀬が誘う声が優しすぎて、胸が熱くなる。ああ。低く掠れた声で返して、臆病だった心が解けていくのを感じる。

「モモ…」

ずっと俺と一緒にいてくれ。佑から伝えられる、長く恋い焦がれた言葉を耳にし、百瀬は涙を零して頷いた。

十二

百瀬を抱き締めたまま眠りについた佑は、自分の名前を呼ぶ声で目が覚めた。瞼《まぶた》を開けると、百瀬の顔があり、夢を見ているような気分でぼんやり見つめる。

「佑。そろそろ起きないと…仕事、大丈夫？」

「……」

自分を気遣う百瀬に手を伸ばして頬に触れる。確かな触感に、現実であるのが確信できて、佑は息を吐いた。

「モモ…」

ベッドの横に跪いて、自分の顔を覗き込んでいた百瀬を引き寄せる。バランスを崩した百瀬を自分の上に乗せて抱き締め、首筋に顔を埋めた。夢かと思った。佑の呟きを聞いた百瀬は苦笑して「違うよ」と返す。

「僕の部屋で…覚えてる？」

「ああ」

もちろん。笑って佑は百瀬の耳元にキスをする。全部覚えてると意味ありげに囁く声に、百瀬は頬を赤くして、牽制《けんせい》した。

「駄目だよ。もう…学校行かないと」

「……」

以前も百瀬の理性的な一面が残念に思えたものだが、実際には助けられることの方が多かった。学校という言葉で、哲の顔を思い出し、佑ははっとする。

百瀬と気持ちを確かめ合い、抱き合ったまま眠りに落ちてしまったから、哲に連絡を入れていない。無断外泊を責められたりはしないだろうが、心配をかけたに違いない。

自分も仕事があると告げ、名残《なごり》惜しい気持ちで離れていく百瀬を見送る。ベッドの足下にまとめられていた服を身につけ、上着のポケットからスマホを取り出した。哲が電話してきていたのではないかと思ったが、着歴もメールも残っていなかった。

代わりに、仕事の予定変更を知らせるメールが千倉から入っていた。朝一のアポイントを午後にして欲しいという先方からの要望への対応を尋ねるもので、逆にありがたいと思って変更をOKする。

メールを打ちながら寝室を出ると、百瀬がキッチンに立っていた。コーヒーを飲むかと聞かれ、哲が気になるので帰ると伝える。

「連絡入れなかったから、心配してるかもしれない」

「そうだね。…僕も…謝っておく」

謝るだけじゃなくて、お礼も言いたい。そうつけ加えた百瀬を不思議に思い、佑はわけを聞く。百瀬を雨燕と楊暁に会わせたのは哲だと聞いて、なるほどと頷いた。

「モモが楊暁にどうして会ったのか不思議だったんだが…哲か」

「僕…佑が雨燕さんだっけ。あの綺麗な人。あの人とつき合ってるんだと思ってたんだけど、楊暁さんとつき合ってるんだよね？」

「あいつがそう言ったのか？」

「雨燕さんが。愛人だって」

愛人という単語を少し恥ずかしそうに口にする百瀬が可愛くて、思わず抱き締めてしまう。ますます恥ずかしそうにしながらも、百瀬は佑の腕から逃れることはせず、「楊暁さんは」と続けた。

「どういう友達？　佑のこと、すごく詳しかったから…驚いて。前は友達とかいないって言ってたじゃないか。だから…」

「あいつは…友達っていうか」

自分を乗っ取っていた幽霊だから…と、この場で説明したところで、百瀬を困らせるだけだ。佑は今度きちんと話すと約束し、百瀬の額に口づける。高校の時のことも。誰にも話したことのない気持ちも、全部。

佑が自らそう言うのを聞いて、百瀬は笑みを浮かべた。嬉しくて、滲む涙を指先で拭い、佑を見送るために、玄関へ向かう。

「仕事が終わったらすぐに連絡する。モモ…」

「なに？」

「身体、大丈夫か？」

「……」

無理させたからという言葉を聞くだけで、昨夜の情事が蘇り、顔が熱くなった。俯いて頷く百瀬の頬を撫で、「無理するなよ」と囁いて、佑は細い身体を引き寄せる。

ぎゅっと力を込めて抱き締め、首に顔を埋めて、百瀬の匂いを肺の奥まで吸い込む。愛おしい気持ちと共に本音が溢れ出す。

「仕事なんか行きたくない」

「…駄目だよ」

「モモとずっとこうしていたい」

「佑…」

我が儘《わまま》を言って、困らせるのも楽しいなんて。昔よりもさらに百瀬が好きになってる気がして、仕方のない自分に苦笑する。百瀬の身体を離すと、早く仕事を片づけて会いに来ると告げた。

「遅くなっても、顔見たいから。待ってて」

「うん」

頷いた百瀬と約束のキスを交わして、佑は部屋を出る。マンションの廊下を歩いている間も、エレヴェーターで一階に下りている間も。頬が緩みっぱなしだった。百瀬のことを考えただけでにやにやしてしまうし、考えるのをやめることもできない。

それでも。哲にだらしない顔を見られるのはまずい。自宅マンションに着くと、意識して表情を引き締め、言い訳を考えた。

百瀬を雨燕と楊暁に引き合わせたのは哲らしいが、よりを戻したのはしばらく隠しておいた方がいいだろう。できれば、百瀬が哲の担任を外れるまで。

仕事が溜まっていたので、泊まり込んで片づけていた…というのが一番無難な筋だなと考え、佑は玄関の鍵を開けて中へ入る。哲はまだ寝てるだろうかと思いながら居間へ続くドアを開けると。

「……」

足を踏み入れてすぐに、キッチンにいた哲と目が合った。同時に、哲がなんとも言えない、「無」の表情になるのを見て、佑はたじろいだ。

「ど、どうした?」

「……」

「なんだよ？　…あ、ああ。無断で外泊したのを怒ってるのか。仕方ないだろ。休んだ分仕事が溜まってて、会社に…」

「いいよ」

「え？」

「嘘つかなくて。先生のところに泊まったんだろ？」

「…‼」

どうしてわかるのか。それとも、かまをかけているのか。判断がつかずにフリーズする佑に、哲は眇めた目を向け、焼けたパンをオーブントースターから取り出す。それにバターを塗って、牛乳と一緒にテーブルへ運ぶ哲を、佑は息を呑んだまま見つめていた。もしや…という疑いを抱き、哲の前に座ってどうしてと理由を聞く。

「そう思うんだ？」

「昨日、雨燕さんと楊暁が先生に会いたいって学校までやってきたんだ。先生が誤解してるのを気にしててさ。それで、俺が先生を呼びに行って、二人に会わせた。楊暁はおじさんはまだ先生のことが好きだって教えて…、先生は自分がなんとかするって決心したみたいだったから。よかったね。よりが戻って」

「いやっ…それは……そのっ…」

「ごまかさなくていいって。その顔見たら、すぐにわかった」

「……」

哲からクールに指摘され、佑は両手で頬を押さえる。にやけた表情は部屋に入るまでに消したはずだったのに。

すっかりばれているようなのが恥ずかしく、佑は無言で立ち上がって風呂へ向かった。冷静になろうとシャワーを浴びて、浴室を出ると、出かける支度を終えた哲と鉢合わせる。

「出かけるのか？　車に気をつけろよ。勉強頑張れよ」

「……」

いつもの佑なら口にしないような台詞に、哲は面食らいつつも曖昧に頷く。玄関先まで見送りに出た佑は、スニーカーを履く哲に、しばらく知らない振りをしてくれと頼んだ。

「モモが恥ずかしがると可哀想だから…」

「……。モモが可哀想って…。モモって…先生のことだよね？」

「……」

痛い人間を見るような哲の目つきが辛い。佑は目を伏せて頷き、以前とは違う面倒があるのを覚悟しなきゃいけないと肝に銘じた。


哲を送り出してから間もなく、佑も支度を済ませて出社した。社には百瀬を知る者はおらず、余計な詮索をされることはなかった。ただ。

「朝永さん、やけに機嫌いいですね。なんかいいことでもあったんですか？」

「何言ってんだ。いつも通りだろ」

不思議そうに尋ねてくる滝口にぶっきらぼうに返しつつも、頬が緩んでいる自覚はあった。自分でも驚くくらい百瀬との復縁が嬉しく、世界が違って見える。

いいことがあったなんて一言で済ませられるどころの騒ぎじゃない。夜になれば百瀬に会える。いや、仕事が終われば会える。

「千倉さん。松濤《しょうとう》レジデンスの打ち合わせって、十九時からでした？」

「はい。そのように予定してます」

「十八時に早めてもらえないか、聞いてみてください。その前の会議が早く片づきそうですので」

「了解しました。その後に別の予定を入れるつもりなんですか？」

客先の都合に合わせ、夜遅くの商談が入ることもある。新たな予定を組むつもりなのかと聞く千倉に、佑は微笑んで首を振った。

「いいえ。早めに帰りたいだけです」

「はあ。何か用でも？」

「ええ」

大切な用があるのだと心の中でつけ足し、佑は高速でキーボードを叩く。書類仕事もすべて片づけ、余計な用事を生まないようにしなくては。百瀬に早く会いに行くためにスケジュールを早めまくっていた佑だったが、午後になって思わぬ横やりが入った。

アポ先での打ち合わせを可能な限り手短に終えて社に戻った佑は、厳しい表情の千倉に出迎えられた。

「あ、ちょうどよかった。今、連絡を入れようとしてたんです。専務が朝永さんを至急呼び戻せとおっしゃって…」

「専務が？」

至急で呼ばれるような心当たりはない。どんな用件か千倉に聞くと、とにかく急いでいる様子で、そこまで聞き出せなかったと言う。

フロアこそ違え、同じ社内にいるのだから、会えばわかる。今すぐにでも帰りたいくらいだから、臨時の案件を押し込まれるのは迷惑でしかない。早めに対応しておこうと、滝口に持ち帰った荷物を任せ、足早に役員室のあるフロアへ向かった。専務のいる部屋に着き、ノックしてドアを開ける。

「朝永です。専務がお呼びとか…」

佑の顔を見た秘書はすぐに奥の部屋へ案内した。専務室では、真剣な表情の専務と、営業本部長が佑を待ち構えていた。

「おい、朝永。どうなってるんだ？」

「何がですか？」

顔を見るなり聞いてくる専務に、佑は問い返す。なんのことかさっぱりわからないと首を傾げる佑に、本部長が初めて聞く社名を伝えた。

「白楊《はくよう》エンタープライズって知ってるか？」

「いえ。知りません」

「今、与信を取ってるんだが、そこがうちを通して、一番町《いちばんちょう》の物件を購入したいって申し込んできたんだ。担当はお前っていう指名つきで」

「一番町って……あの？」

数年前、皇居近くの一等地に旧財閥系デベロッパーが海外投資家向けに建てたマンションは、最低販売価格が十億を超えるという、超高級物件だった。それでも二度と出ないかもしれないという立地条件のよさから、発売前に完売。最上階のペントハウスの売値は三十五億で、当時は史上最高販売額だと業界外でも評判になった。

そのペントハウスが売りに出ているという話が入ってきたのが、半年ほど前のこと。中古であっても、プレミアがついて、四十億を超える販売価格のせいで、なかなか話がまとまらないようだという噂は聞いていたのだが。

「四十億超えの物件ですよ？　本当に買えるんですか？」

「わからないが、会ってみて損はないだろう。社長も乗り気だ」

有名な物件だから、契約が取れれば利幅が大きいだけでなくて、社の宣伝にもなる。専務は鼻息荒く言い、これから一緒に相手先へ行くぞと言って立ち上がった。

「これからですか?」

「向こうはいつでもいいと言ってて、お前が戻ってくるのを待ってたんだ」

とにかく、直接相手と会ってみないと話が摑めない。そういう専務の意見には賛成だったが、展開が早すぎてついていけないというのが本音だった。それに百瀬に会うために、今日は早く帰らねばという本音もある。

明日じゃ駄目ですかという台詞は、さすがの佑も相手と状況が悪くて、口にできなかった。話がまとまれば、社内での立場が揺るがないものになる大きな物件だ。専務と本部長と共に地下駐車場へ向かうと、専務秘書が車を用意して待っていた。

専務と本部長は後部座席に乗り、佑は助手席へ座る。行き先として告げられた丸《まる》の内《うち》のビルに着くまでの間に、審査部から情報が入ってきた。

「専務。審査部からは与信の問題なしとの報告が来ました。国内主要銀行に十分な資金を有しているようです。どうも中国系の投資会社のようですね」

「そうか。…おい、朝永。本当に知らないのか?」

「わかりません。取引のある中国系企業のどれかと繋がっているのかもしれませんし…。

社名だけじゃ、どうにも」

　現地法人として登記だけされているような社名なら、尚更だ。ネットで拾える情報など限られているし、これから会う相手に探りを入れなくてはいけない。六本木を出た車は程なくして丸の内に着く。佑は気を引き締めて、自分を指名してきたという謎の会社、白楊エンタープライズを目指した。


　日比谷《ひびや》通り沿いに建つビルの最上階へエレヴェーターで上がると、ドアが開くと同時に女性スタッフに出迎えられた。お待ちしておりましたと恭しくお辞儀するスタッフに先導され、社員たちが働くオフィスを抜けて、応接室へ案内される。

　窓越しに皇居の緑が一望できる広い部屋で、ソファに座った専務と本部長の背後に、佑は姿勢よく立って相手を待った。相手先での不用意な会話は避けるのが鉄則で、三人とも無言のままでいると、入ってきたのとは違うドアが開く。

　堂々とした態度で姿を現したのは。

「わざわざお越しいただき、ありがとうございます。社長秘書の楊《ヤン》と申します」

「……」

　胸板の厚い逞しい身体をスーツに包み、隙のない笑みを浮かべて名乗ったのは、紛れもない楊暁で、佑は口を開けたまま唖然とした。楊暁と言えば長髪を結い上げ、古めかしい異国の武臣風の格好しか覚えになかったので、一瞬、誰だかわからなかった。

髪は短く切られ、格好も違っているが、間違いなく楊暁だ。なぜ、楊暁がここに…。状況が摑めずに軽くパニックに陥っている佑をよそに、専務たちは立ち上がり、楊暁と名刺を交換する。佑も遅れて挨拶すると、楊暁から貰った名刺をまじまじ見つめた。

白楊エンタープライズ、社長秘書室長、楊暁。いやいや。お前、つい最近まで幽霊だったじゃないかと内心で毒づく佑をよそに、楊暁は専務たちの前に腰を下ろして話を始めた。

「突然の申し出に驚かれたでしょう。我が社はあまり表に出ることがなく、情報も出回ってないかと思いますので、資料を用意しました。持ち帰って検討願います」

「これは…ありがとうございます。しかし、どうして弊社に…」

「社長が以前朝永さんにお世話になったことがありまして、大変信頼しているのです。今回の取引でも是非、朝永さんに担当をお願いしたいと申しておりますので、よろしくお願いします」

「朝永をご指名だったのはそういうわけですか。…朝永。大丈夫だよな？」

「も、もちろんです…」

何がどうなっているのかわからないが、専務相手に無理だとも言えない。戸惑いながらも頷いた佑を楊暁は満足そうに見て、専務と本部長に先に帰るようそれとなく促した。細かい要望を佑に伝えたいので…という楊暁の頼みを、専務たちは二つ返事で了承する。

「こちらこそよろしくお願いします。是非とも弊社をご利用いただけるよう、私たちもバックアップしていきますので。…朝永、頼んだぞ。報告は明日で構わない」

「わかりました」

専務と本部長が応接室を出ていくのを、佑は楊暁と共に見送る。ドアが閉まると同時に、表情をがらりと変えて楊暁に詰め寄った。

「どういうことだ⁉」

「声が大きいぞ。お前の上司が戻ってきたらどうする」

「っ…説明しろ…！」

楊暁に注意されるのを不服に思いながら、佑は声を抑えて食い下がる。楊暁は佑についてくるよう顎で促して、隣の部屋へ続くドアへ向かった。

楊暁が開けた先は応接室よりも数倍広く、豪華な部屋だった。その窓際に立っていた雨燕を見つけると、佑は「あっ」と声を上げる。雨燕はにっこりと艶美な笑みで佑を迎えた。

「雨燕さん…！　じゃ、やっぱり社長っていうのは…」

「雨燕様に決まっているだろう」

専務たちの前では別人のように見えていた楊暁が、いつも通りの不遜《ふそん》な表情を浮かべているのを見て、佑は嘆息する。秘書っぽく振る舞っていたが、やはり中身は同じようで、雨燕に話を聞いた方が早そうだ。

佑は雨燕に歩み寄り、事情を尋ねる。

「どういうことなんですか。雨燕さんが社長って…白楊エンタープライズというのは雨燕さんの会社なんですか？　それに…マンションを買うって…」

「忘れたのか。私が買ってやると言っただろう？」

「……」

そういえば…。覚を捜すために会社を休んでいた時、仕事が…と雨燕に愚痴を零した。何をしているのかと聞かれ、不動産の販売をしていると答えると、雨燕は自分が買ってやると…言った…。

雨燕はビルを所有しているようだったし、それなりに収入もあるのかもしれないが、佑が扱っているのは高級物件ばかりだ。とても当てにはできない…そもそも、雨燕は素性が謎すぎるし…と、聞き流していたのだが。

まさか…本気だったのか？

「で、でも…わかってるんですか？　うちに申し込みがあったのは、四十億を超えるっていう、超高級物件ですよ？」

「もちろんだ。お前の会社が扱っている物件の中で、一番高いものを紹介するように言ったからな」

「⁉　四十億ですよ？」

「私にとっては痛くも痒《かゆ》くもない金額だ。この前買ったドバイの物件より、全然安い」

「ドバイって…」

「一桁違ったぞ」

「……」

ということは…四百億…？　ドバイならばあり得る金額だが、それを買えるというのは。

雨燕の正体を知っているだけに怪しさが深まり、眉を顰める佑を、楊暁が叱責する。

「まさか雨燕様を疑っているのか？　雨燕様のせっかくのご厚意をありがたく思わないとは、不届きな奴め！」

「あのなあ。疑うに決まってるだろ。そもそも、お前も雨燕さんも亡霊みたいなものじゃないか」

「亡霊とは無礼な！　雨燕様！　こやつを始末してもよろしいでしょうか？」

「そう憤るではない。佑が疑うのも無理はない。まあ、そのうちわかるであろう。…それより。百瀬とは復縁したのか？」

「……」

雨燕の口から百瀬の名前が出たのにどきりとする。百瀬が自分に会おうとしたのは、雨燕と楊暁が彼に会い、自分の気持ちを伝えてくれたからだと聞いている。

百瀬とよりが戻せたのは二人のお陰であるのは否定できず、佑は神妙な顔つきで礼を言った。

「お陰様で。ありがとうございました」

「そうか。それはよかった」

「まったく、世話の焼ける奴だ。百瀬があれほど好いてくれているというのに、別れるなど、考えられない話だ。俺が百瀬に言っておいてやったからな。お前は後ろ向きで、女々しくて意気地なしだって」

「それは言いすぎだろう」

「ふん。お前が復縁できたのは、俺が百瀬にはっきり言ったからだぞ。感謝しろ」

「何を言ったんだよ」

「お前から復縁を持ちかけることは絶対にないから、百瀬がなんとかしないと、このままだぞってな」

「……」

後ろ向きだの女々しいだの、様々な悪口にむっとはしたが、楊暁の指摘は当たっていて、何も言えなくなる。確かに、百瀬が動いてくれなかったら、自分は後悔に埋もれたままだったかもしれない。

それを助けてくれたのが楊暁なのは…わかるのだが。感謝しろと言われても素直にでき

ないのは、お互い様だという思いがあるからだ。

楊暁があの箱から出て、さらに幽霊から戻ることができたのは、自分のお陰だ。それをすっかり忘れている様子の楊暁に、言い返そうとした口を閉じる。楊暁の方も言い返してくるに違いなくて、堂々巡りになるのは目に見えている。

それより…雨燕は本気なのかという心配があって、確認した。

「マンションの件、専務たちは本気にしてますから、話を進めなきゃいけないんですけど、本当に大丈夫なんですか？」

「ああ」

「まだ疑うか！」

「あーわかったわかった」

いちいち無礼だと反応する楊暁を適当にあしらい、佑は物件の資料が用意できたらまた連絡すると雨燕に伝える。楊暁から名刺を受け取っていたので、連絡先はそこでいいのかと聞く佑に、雨燕は微笑んで頷いた。

「会社の者も一緒だというのでここへ来てもらったが、屋敷へ来てもよいぞ。その方が近かろう」

「…いえ」

いくら近くても、あの廃墟のような屋敷には記憶にはなくとも疚しい思い出があるはずなので、できる限り足を向けたくない。引きつった笑みで遠慮し、佑は何気なく提案した。

「けど、今回の物件を買われるのなら、そっちに引っ越せばいいじゃないですか。あんなぼろぼろの家に住んでるより」

「いや。引っ越すつもりはない。あそこは場がよいのだ」

「はあ」

どういう意味か聞いても自分には理解できないだろうと考え、曖昧に頷く。また連絡します…と告げて、帰る佑を楊暁が見送りに出る。

応接室から続くオフィスにはさっきまで働いていた社員の姿は一人もなく、がらんとしていた。エレヴェーター前の受付にいたスタッフの姿もない。時刻はまだ四時前で、定時退社したにしても早すぎる。

「さっきいた人たちは？　もう帰ったのか？」

不思議そうに聞く佑に、楊暁は平然と言い放つ。

「なんのことだ？　ここにいるのは俺と雨燕様だけだぞ？」

「いや、でも…確かに…」

自分や専務たちを女性スタッフが案内してくれたし、オフィスでは大勢の社員が働いていた。確かに見たという記憶はあるのに…。あれは…幻だったとでもいうのか？

「……」

「またな」

ぞっとした思いでいると、エレヴェーターのドアが開く。背中を押す楊暁に促され、佑はゆっくりとした動きでエレヴェーターに乗り込んだ。閉まっていくドアの向こうに楊暁の姿が消えると、冷たくなっている指先を丸め、深々と息を吐き出した。


哲と一緒になって覚を罠《わな》に嵌め、楊暁は人間に戻れたと喜んでいたが、あれは本当に人間なのだろうか。専務たちにも見えていたようだから、幽霊ではないにしろ、人間でもないのかもしれない。

それは雨燕も同じだ。二人は覚を妖怪だと言うが、雨燕や楊暁も同じ類のものであってもおかしくない。社に戻った佑が首を捻りながら会議の用意をしていると、スマホに哲から電話が入った。

『おじさん？　今日って何時頃、帰ってくる？』

「いや…、まだ…なんとも…」

仕事を早めに終え、百瀬に会いに行こうとしていた佑は口籠もる。また朝帰りになる予定だとも言えず、「どうした？」と聞くと、哲が何時でもいいから一度帰ってきて欲しいと頼んだ。

『ちょっと…困ってて』

「……わかった」

何に困っているのかは言わなかったが、哲が電話してくるのは珍しい。まさか…また幽霊が？　厭な予感が生まれ、百瀬のところへ行く前に一度帰宅することにした。

その日最後の打ち合わせが終わったのは十九時前で、タクシーで急いで自宅へ戻ると、哲が疲れた顔で玄関まで出てきた。

「おじさん！」

「どうしたんだ？　何かあったのか？」

心配して尋ねる佑の腕を掴んで引っ張り、哲はリビングへ連れていく。部屋に入り、哲が指さしたソファに寝転んでいたのは。

「わっ！」

「起きてくれないんだよ～」

三人掛けのソファを白い髪で褐色の肌を持つ大男が占領している。仰向けになっていびきをかいて熟睡しているのは、紛れもない覚だ。目前の状況が信じられず、佑は激しく眉を顰めて哲を振り返った。

「な、なんでこいつが、ここにいるんだっ⁉」

「知らないよ。学校から帰ってきたらここで寝てて…マジで心臓止まるかと思った。起こしても起きないし。困っちゃって」

仕方なくおじさんに連絡した…という哲の話を聞き、佑は覚に近づいて「おい！」と声をかける。しかし、覚はぴくりともせず、起きる気配はまったくない。

佑は苛つき、手近にあったクッションで、覚の顔辺りを思い切り殴った。

「起きろ‼」

「っ…！　な、何するんだ⁉」

「それはこっちの台詞だ。人の家に勝手に入り込んで、何してる⁉」

不法侵入だ、警察を呼ぶぞ…そんな台詞を口にしかけて、無意味だと気づく。相手は妖怪だ。哲だって、普通の不審者だったら先に警察を呼ぶなりしていたのだろうが、相手がこれでは自分に連絡するしかなかったに違いない。

とっとと出ていけ！　そう言うより他になくて、怒りを露わに玄関の方を指さす佑を、覚はばつが悪そうな顔つきで見ながら、起き上がった。

「頼みがある」

「は？」

「俺をここに置いてくれ！」

まさかの申し出に、佑と哲は揃って口を大きく開けた。咄嗟になんでと聞き返すこともできないでいる二人の前で、覚は素早くソファを下りて床で土下座する。

「どうしてなのかはわからないが、ここにいると楊暁に呼ばれずに済むんだ。もうあいつにこき使われるのはごめんだ。頼む！　なんでもやるから！」

「何言ってるんだ⁉　得体の知れない妖怪を置けるわけがないだろう！　とっとと出ていけ！」

「俺を気の毒に思わないのか？　楊暁が人間に戻ったのはお前たちのせいだぞ！」

「知るか！　お前ら妖怪のごたごたに巻き込まれて迷惑してるのはこっちだ！」

雨燕や楊暁とだって、できればつき合いたくないというのに。あっちとは仕事上の関係ができてしまった上に、覚に住み着かれてしまったりしたら。

冗談じゃないと憤る佑が、覚を無理矢理連れ出そうとした時。スマホに着信が入った。タイミングが悪いと舌打ちしかけた佑は、相手が百瀬だと知って、表情を緩める。覚と哲に背を向け、電話に出た。

「はい…」

『あ、佑？　ごめん。まだ仕事なんだよね？　今日…来るって言ってたけど…難しい？』

「いや。さっき打ち合わせが終わったところで…今から行こうと思ってた」

『本当に？　わかった。待ってる』

「ああ」

明るい声で「待ってる」と言う百瀬の声を耳にしただけで、顔がにやつく。すぐに行くと返したいところをぐっと堪え、「また後で」とだけ言って通話を切ると。

「わっ…！」

哲と覚が左右にいて、佑は飛び上がる。双方から興味津々な視線を向けられ、慌ててごまかそうとしたものの、すっかりばれているようだった。

「先生に会いに行くんだ？」

「い…いや、ちが…」

「待ってると言ってたじゃないか」

「なんで…」

電話の内容が聞こえていたのかと驚くが、相手は妖怪だ。どうしてと理由を聞くだけ無駄だろう。佑はコホンと咳払いして、「とにかく」と無理矢理話をまとめにかかった。

「俺は急用で出かけるから。俺が帰るまでに、お前は出ていけよ。わかったな？」

急用と言うが、百瀬に会いに行くのは明らかだ。帰るまでに出ていけなんて解決になっていないじゃないかと呆れる哲に、覚がご機嫌を取るようにすり寄る。

「哲。夕飯がまだだろう？　何がいい？　俺が作ってやる」

「マジで？　料理できるのか？」

「ああ。俺はなんでもできる」

料理だけじゃなく、掃除も洗濯もできるぞとアピールする覚は、哲を手懐けて居座ろうとしているようだった。手料理に飢えている哲の方もまんざらでもないようで、佑は注意しようとしたのだが、痛いところを突かれてしまう。

「おいおい。そんな得体の知れないヤツに…」

「先生、待ってるんだろ？　行かなくていいの？」

「あ、ああ…」

「こっちは適当にやっとくからさ」

大丈夫だと哲は言うが、覚の口車に乗って頼っている内に、同居を認めてしまったらどうしよう。やはり追い出してから、百瀬のところへ行くべきかと悩む佑を、覚がにやりと笑って見る。

「なんなら、送ってやろうか？」

どういう意味かとわからずに見返すと、覚は天に向けて伸ばした手の先を、くるりと回して円を描くように動かした。その動きに目を奪われて、一瞬意識が途切れ、はっと気づいた時には百瀬のマンションの前に立っていた。

「⁉」

信じられず、何度も周囲を見回したが、自分が立っているのは屋外で、目の前には百瀬のマンションがある。しかも、靴を履いておらず、自宅の居間からテレポーテーションでもしたような状況だ。

送ってやろうかと言ったのは、こういう意味だったのか。

「っ…勘弁してくれ」

幽霊だの妖怪だの、もうごめんだ。どうやったらあいつらと縁が切れるのか。お祓いにでも行った方がいいのだろうかと考え、いや、それよりも…と目前のマンションを見上げて思い直す。

今は百瀬の顔を見に行こう。裸足《はだし》で訪ねたら百瀬は不思議に思うだろうか。どうしてと聞かれる前に唇を塞いでしまおう。そうして…。

あとがき

こんにちは、谷崎泉でございます。久しぶりにシャレード文庫さんからお話を出させていただき、ありがたく思っております。お読みいただいた皆様が少しでもお楽しみくださったのを願っております。

色々なことが重なって、無理だと思い込んでしまって、捨ててしまった恋に再会したらどうするべきか。また同じ展開を繰り返すだけだと尻込みして諦めるか、それとも、以前とは違うからと勇気を振り絞ってチャレンジするか。そんなことを考えて書いたお話です。

佑と百瀬が単に再会しただけなら、きっとお互いを眺めているだけで終わった気がしますが、賑やかな外野のお陰で元サヤに収まり、ほっとしました…。佑が想定以上にポンコツで困りました…。百瀬、頑張ってくれてありがとう…という気持ちです。

相変わらずストレートな恋愛物語になっていなくて、申し訳ありません…。もっとちゃんとしたお話をお届けできるよう、修行し直してきます…。

挿絵を担当してくださいました、ミギノヤギ先生、ありがとうございました。内容がとんちんかんでご迷惑をおかけし、申し訳ありません。佑は格好よくて、百瀬と哲は可愛くて…嬉しかったです。雨燕や楊暁や覚も。素敵に描いてくださり、本当に感謝しております。編集担当氏にもいつもながらにお世話になり、厚くお礼申し上げます。

こんなお話にもおつき合いくださった優しい読者様にも。誰が読んでも大恋愛だと思えるようなお話を、胸を張ってお届けできる日を夢見ています。

目映い光の春に　谷崎泉

谷崎泉先生、ミギノヤギ先生へのお便り、
本作品に関するご意見、ご感想などは
〒101-8405
東京都千代田区神田三崎町2-18-11
二見書房　シャレード文庫
「わすれられない恋ならば」係まで。

本作品は書き下ろしです

CHARADE BUNKO

わすれられない恋《こい》ならば

2021年5月20日　初版発行

【著者】谷崎泉《たにざきいずみ》

【発行所】株式会社二見書房
東京都千代田区神田三崎町2-18-11
電話　03(3515)2311［営業］
　　　03(3515)2314［編集］
振替　00170-4-2639
【印刷】株式会社 堀内印刷所
【製本】株式会社 村上製本所

落丁・乱丁本はお取り替えいたします。
定価は、カバーに表示してあります。

ISBN978-4-576-21056-8

https://charade.futami.co.jp/